아무도
대답하지
않았다

아무도 대답하지 않았다

배봉기 지음

사ㅁㅁ계절

민제의 일요일

문제지의 답 표시를 하나하나 확인해 내려오면서 답안지에 마킹을 한다. 이제 몇 문제 남지 않았다. 골치 아픈 수학 시험이 큰 어려움 없이 끝났다는 안도감이 슬며시 머리를 든다. 교실 안은 새하얀 종이처럼 고요하다. 간간이 문제지를 들추는 소리만이 사악, 사아악— 그 정적을 면도날처럼 베고 지나간다. 그 벌어진 틈새로 낮게 깔리는 숨소리, 잇새로 새어 나오는 억누른 기침 소리, 달가닥거리는 필기구 소리가 슬몃슬몃 얼굴을 내민다.

마지막 문제다. 드디어 끝났다! 어? 답안지에 빈 칸 하나가 남아 있다. 분명 마지막 문제였는데 답안지의 맨 아래 칸은 비어 있는 것이다.

'마킹이 잘못됐다!'

순간, 눈앞이 하얗게 변했다. 발밑이 푹 꺼져 온몸이 까마득하게 어둠 속으로 빨려드는 것 같다. 교실의 벽, 열을 맞춰 늘어선 책상과 의자, 고개를 수그린 아이들의 등과 등, 눈에 보이는 모든 것들이 거센 회오리바람에 휘말린 것처럼 어지럽게 소용돌이친다.

가까스로 정신을 수습하고 시계를 본다. 채 3분이 남지 않았다. 새 답안지를 달라고 해서 다시 마킹을 해야 한다! '어디서, 어느 문제를 두 번이나 마킹한 거지?' 그런 의문을 곱새길 틈도 없다. 번쩍 고개를 들었다.

'어? 어!' 처음 보는 얼굴의 선생님이 칠판 앞에 서 있다. 역시 낯선 선생님 둘이 교실 왼쪽과 오른쪽 창문 앞에 서 있다. 모두 넥타이를 졸라 맨 검은 정장 차림의 남자 선생들이다. '이 시험은? 수능이다! 수능 수리 영역이다!' 정면에 서 있는 감독관이 시계를 본다. 시간이 다 되었다는 듯 고개를 끄덕인다. 감독관의 금테 안경이 번쩍 날카롭게 빛을 내쏜다. 입을 쩍 벌린다. '자, 시험 시간이 끝났습니다. 손을 올리세요.' 그런 말이라는 것은 알겠는데 소리는 들리지 않는다.

'안 돼요! 답안지에 새로 표시를 해야 해요!'

민제는 손을 번쩍 들고 소리를 지르려 한다. 그런데 손도 움직이지 않고 목소리도 나오지 않는다. 팔은 녹슨 로봇처럼 관절이 뻑뻑하고, 목구멍에는 먼지가 한 움큼 들어찬 것 같다. 감독관들이 문제지와 답안지를 걷기 시작한다.

'안 돼요! 새 답안지 주세요! 표시를 해야 해요! 제발 새 답안지 주세요!'

역시 목소리는 터져 나오지 않는다. 민제는 대신 울음을 터뜨리고 만다. 눈물은 콸콸콸 마치 수도관이 터진 것처럼 쏟아진다. 눈앞이 부옇다. 교실 벽, 감독관, 책상과 의자, 아이들의 등이 희미해지면서 사라진다. 마치 태풍에 휩쓸려 까마득한 하늘로 날아가는 것 같다.

마침내 눈앞이 하얗게 비어 버린다. 텅 빈 공간 한 귀퉁이에서 작은 새의 지저귐처럼 어떤 목소리가 낮게 들려온다.

'꿈이야. 이건 꿈이라고.'

그 목소리는 민제의 가슴 저 안 깊숙한 곳에서 샘물처럼 솟아오르는 것 같다.

'꿈이라고?'

민제는 들리지 않는 소리를 힘껏 지른다.

'그래 꿈이라니까. 생각해 봐. 이상하지 않아? 꿈이라서 그런 거야.'

'아, 맞다! 이건 꿈이다! 내가 갑자기 수능을 볼 리가 없다. 아직 일년도 더 남았다!'

휴우― 긴 한숨이 터져 나온다.

그 한숨의 끝자락을 붙잡고 민제는 꿈에서 깨어났다. 점점 머리가 맑아지면서, 정말 꿈이었다는 안도감으로 다시 한 번 긴 한숨을 내쉬었다.

시험 장면 꿈은 민제가 가끔씩 꾸는 것인데, 이번 꿈은 정도가 좀 심한 것 같았다. 다른 때는 중간고사나 기말고사든지 아니면 모의고사 정도인데, 수능이라니…….

상상만으로도 끔찍하다. 1학년 1학기 기말 영어시험 때 마킹을 잘못해서 시험을 망칠 뻔했다. 실수를 발견했을 때는 끝날 시간이 5분 정도밖에 남아 있지 않았다. 허겁지겁 새 답안지를 달라고 해서 마킹을 했다. 시간이 좀 부족했지만, 평소 민제를 모범 고딩의 전형쯤으로 아는 미술 선생님이 감독이었기에 무사히 끝낼 수 있었다. 그 뒤로 가끔 마킹을 잘못하는 꿈을 꾼다.

날이 밝았는지 방 안이 제법 환하다. 민제는 침대에 누운 채 시계를 보려고 고개를 돌렸다. 왼쪽 눈초리 아래로 물기가 번지는 것이 느껴졌다. 꿈속에서 너무 심하게 울어 실제로 눈물이 흘러나온 모양이었다. 민제는 손가락으로 눈물을 닦아 냈다.

책상 위에 쌓인 참고서 옆 탁상시계 분침이 7시 20분 가까이 내려와 있었다.

'어어…… 학교!'

민제는 반사적으로 머리를 들었다. 그 순간, 다른 생각이 머리를 스치고 지나갔다.

'일요일!'

민제는 눈길을 탁상시계 옆에 서 있는 달력으로 옮겼다.

'그래, 오늘은 10월 14일, 일요일이다.'

이틀 전 금요일에 중간고사가 무사히 끝났다. 별 실수는 없었고, 예상한 정도의 성적은 나올 것 같다. 휴우— 다시 안도의 한숨이 나왔다. 꿈속에서 떠올린 생각처럼, 아직 수능은 일년 하고도 한 달 정도가 더 남은 것이다.

민제는 눈길을 천장으로 돌리며 머리를 편안하게 베개에 묻었다. 7시 30분까지는 아직 10분 정도 여유가 있다.

이것이 민제가 일요일에 누리는 첫 번째 혜택이다. 한 시간 반이나 더 침대에서 게으름을 피울 수 있는 혜택.

월요일에서 토요일까지는 6시에 알람이 울린다. 놀토(노는 토요일)도 예외가 없다. 대략 새벽 1시에 침대에 눕지만, 잠드는 시각은 보통 1시 30분쯤이다. 그러니까 네 시간 반 정도를 자게 된다. 학교에서 별 영양가 없는 '변두리 과목' 시간에 짬짬이 졸기는 해도 항상 잠이 부족하다. 그 부족한 잠을 일요일 아침에 메우는 셈인데, 잠도 잠이지만 이렇게 이불 속에서 뒹굴뒹굴하는 것이 꿀맛이다.

아직도 너무나 생생하게 떠오르는 꿈을 생각하고 있는데, 탁상시계의 알람이 요란하게 울리기 시작했다. 민제는 시계 머리의 꼭지를 누른 뒤 재빨리 문 옆의 스위치를 눌러 형광등을 켰다. 남아 있는 잠을 털어 내리려면 방 구석구석의 엷은 어둠을 몰아내야 한다.

쏟아져 나온 빛살이 순식간에 방 안을 가득 채웠다. 민제는 몸을 돌려 거울을 보았다. 길게 걸린 사각형 거울 속에서 회색 바탕에 푸른색 세로줄 무늬의 잠옷을 입은 아이가 아직 잠이 남은 눈으로 물끄러미 바라보고 있었다. 짧게 깎은 머리 밑 얼굴이 유통기한이 지난 바게트빵처럼 푸석푸석해 보였다. 민제는 평소처럼 몇 번 심호흡을 하고 난 뒤, 몸을 돌려 방문을 열었다.

다른 일요일과 같이, 샤워를 하고 감청색 트레이닝복으로 갈아입었다. 그 시간 동안 엄마가 구워 놓은 토스트에 딸기잼을 발라 아침을 먹고, 이를 닦고 나오면, 8시 10분 정도가 된다. 매번 거의 정확하다.

욕실에서 나와 거실의 벽시계를 본 민제는 슬며시 웃었다. 8시 10분이 되려면 2분 가량 남았다. 이렇게 정확하면서도 약간은 여유가 있게 시간을 맞추면, 무엇인지 모르게 제대로 되어 가고 있다는 생각이 들어서 기분이 좋았다.

이제 일요일의 두 번째 혜택이 시작되는 것이다.

"운동 가니?"

자주색 실내복 차림으로 소파에 앉아 책을 펴들고 있던 엄마가 일어서면서 물었다. 형식은 의문형이지만 내용은 평서문이다.

"응."

민제는 운동화를 꺼내 신고 신발장 위 접시에 담긴 자전거 열쇠를 집었다. 엄마가 하품을 손바닥으로 눌러 막으며 현관으로 걸어왔다.

민제가 자전거를 타러 간 한 시간 반 동안, 엄마는 민제의 아침을 챙기느라 마무리하지 못한 잠을 잘 것이다. 엄마 직장은 신용협동조합이다. 정규 업무 뒤 정산하는 시간이 길어서 정상 퇴근이란 꿈도 못 꾼다. 당연히 엄마는 항상 피곤한 상태다.

"9시 반 넘어 오지?"

"응."

"참, 영우도 나온다니?"

어젯밤 1시 가까이 되어 '공원에서 보자. 돌고 있어.'라는 문자 메시지가 오기는 했지만, 어떻게 될지는 알 수 없는 일이다.

민제는 중학교 2학년 때부터 일요일마다 일정한 시간에 자전거를 탔다. 영우가 같이 타겠다고 나선 것은 지난달부터다. 그 이후 5주 동안 영우가 약속을 지킨 일요일은 두 번뿐이다.

"나온다고 했어."

민제는 현관문을 열며 대답했다.

*

공원 입구에서 오른쪽으로 반쯤 돌아서부터 내리막길이 시작된다.

민제는 힘껏 페달을 밟았다. 쏴아르르르르―. 가속도가 붙은 자전거 바퀴 구르는 소리가 맑고 깨끗한 유리그릇에 담긴 얼음처럼 상쾌하게 느껴진다. 온몸으로 시원한 바람을 맞는다.

가을 아침의 바람이다. 이럴 때면 가슴이 활짝 열리면서 등에 날개가 돋아 허공으로 두둥실 떠오를 것만 같다.

오르막길이 시작되어서 속력이 줄었다. 민제는 엉덩이를 들어올려 힘껏 페달을 밟기 시작했다.

세 바퀴를 돌았을 때다. 셔츠 주머니 속에서 문자 메시지 신호음이 들린다. 민제는 길 옆에 자전거를 멈추고 핸드폰을 꺼냈다.

'어때 열심히 체력 단련하고 있냐?'

영우다.

'왜 안 오고?'

민제는 답장을 보냈다.

'인생에는 평범한 약속보다 더 중요한 일들이 생길 수 있거든.'

'어떤?'

'위대한 꿈을 꾸는 것 말이야. ㅎㅎㅎㅎ'

늦잠을 자서 못 나왔다는 말이다.

'알았어. 계속 위대한 꿈 꾸시지.'

'미안, 미안. 월요일 편집회의에서 보자.'

민제는 핸드폰을 주머니에 넣고 자전거에 올랐다.

평소처럼 민제는 다섯 바퀴를 돌았다. 한 바퀴에 15분 정도 걸리니까 시계를 보지 않아도 9시 30분쯤 되었을 거다.

공원을 나온 민제는 아파트 단지 앞 도로의 신호등에 걸려 자전거에서 내렸다.

　잠시 기다리자 신호가 바뀌었다. 민제는 자전거를 끌고 횡단보도를 건넜다. 막 보도로 올라서려는데 민제의 눈에 단지 입구 안쪽의 공중전화 부스가 들어왔다. 이상하게도 그 공중전화 부스가 민제의 눈길을 잡아끌었다.

　'왜지?'

　정확히 집어낼 수가 없었다. 그러나 무언가 특별한 느낌이었다.

　그 느낌을 생각하면서 걸음을 옮기는데, '어!' 민제는 균형을 잃고 자전거와 엉켜서 앞으로 쓰러졌다.

　쓰러지면서 왼쪽 무릎을 보도블록에 세게 찧고 말았다. 트레이닝 바지를 걷어 보니 껍질이 벗겨져 벌겋게 피가 배어나고 있었다. 민제는 바지를 내리고 무릎 부위의 부연 먼지를 떨어냈다. 집에 들어가 엄마 모르게 연고를 바르고 밴드를 붙여야 할 것 같았다.

　민제는 자전거를 일으켜 세웠다. 발 앞에 깨진 보도블록이 툭 튀어나와 있었다. 공중전화 부스에 시선을 팔 때 자전거 앞바퀴가 거기에 부딪혀 균형을 잃고 만 것 같았다.

　자전거를 똑바로 세워서 두 손으로 잡고, 민제는 다시 단지 안으로 꺾어지는 모퉁이에 서 있는 공중전화 부스를 바라보았다. 축 늘어진 벚나무 가지가 칠이 벗겨진 부스의 지붕을 덮고 있었다. 지나치면서 수없이 봐 왔던 부스인데 왜 오늘 새삼스럽게 눈길을 빼앗겼는지 알 수 없었다.

고개를 갸웃거린 민제는 핸들을 잡은 두 손에 힘을 주었다. 이어서 다리를 들어올려 안장 위로 올라타려던 민제는 흠칫, 동작을 멈췄다.

민제는 천천히 다리를 내렸다.

'찬오!'

그 이름이 기억난 것이다. 마치 깊이를 알 수 없는 물속에서 서서히 떠오르는 둥글고 검은 물체처럼.

금요일, 그러니까 그저께 낮의 일인데도 상당히 오래 전의 일인 것처럼 희미하게 느껴져서 금방 기억을 할 수 없었던 것 같다. 왜 그렇게 느껴지는지 모르겠다.

그 날 걸려온 전화 속 찬오의 목소리가 곧 꺼질 촛불처럼, 아주 작고 가늘어서 그랬을까.

이상한 일이었다. 찬오가 전화를 걸다니. 1학년 때 같은 반이었다고는 하지만, 그 때도 친하거나 개인적으로 이야기를 나눈 적은 없었다. 그런데 2학년에 올라와 다른 반이 된 지 한 학기도 더 지나서 느닷없이 전화를 한 것이다.

무엇보다 찬오가 전화를 했다는 사실, 그 자체가 놀랄 일이었다. 다른 누구도 아닌 김찬오가 민제에게 전화를 걸어온 것이다.

'도대체 왜 전화를 했을까?'

금요일은 중간고사 마지막 날이어서 일찍 끝났다. 당연히 대낮의 집 안은 텅 비어 있었다. 엄마가 차려놓은 점심에 김치찌개를 데워 먹고 있을 때였다. 거실의 전화벨이 울렸다. 그냥 내버려 둘까 하다가 큰이모일지도 모른다는 생각에 전화를 받았다. 외할머니 허리디스크 때문에 요즈음 큰이모는 자주 전화를 한다.

"여보세요?"

아무 말이 없었다.

"여보세요?"

역시 말이 없었다.

'뭐야?'

장난 전화라 생각하고 수화기를 내려놓으려 할 때였다. 희미하게 숨소리가 들리고, "민제니?" 하는 낮은 목소리가 흘러나왔다.

"어, 누구?"

"찬, 오. 김, 찬, 오."

"어, 뭐, 찬오? 김찬오?…… 무, 무슨 일인데?"

당황해서 말이 뚝뚝 끊어졌다. 수화기 저쪽에서도 말이 끊겼다. 작은 풀벌레 울음소리 같은 전화 잡음만 가늘게 이어졌다. 무슨 말을 해야 할지 알 수 없었다. 전화기 속의 침묵이 돌멩이처럼 뭉쳐져서 목에 걸리는 것 같았다.

그냥 바쁘다고 전화를 끊어 버릴까 하는데, 저쪽에서 소리가 들렸다.

"미, 미안해. 미안해 민제야."

낮고 가늘게 들려오는 목소리였다. 그 소리를 알아들을 수는 있었다. 하지만, 갑자기 찬오가 왜 그런 말을 하는지, 그게 무슨 뜻인지는 알 수 없었다.

민제는 얼떨떨한 상태에서 대답할 말을 찾지 못했다.

"응, 어……."

말이 되지 못한 소리만 한두 음절 뱉었을 뿐이었다.

그런 상태로 10초쯤 지났을까. 전화가 뚝, 끊어졌다.

민제는 수화기를 내려놓고 한참 동안 생각했다.

'아마 전화번호를 잘못 눌렀을 거다. 그래서 할 말이 없어, 그냥, 그런 식으로 말하고 끊었을 거다.'

그러나, 그렇게만 생각하기에는 뭔가 이상했다. 실수가 아니고 찬오가 일부러 전화를 걸어왔을 수도 있었다.

'만약 그랬다면…….'

민제는 왜 찬오가 그런 말을 한 것인지 알 수 없었다. 전화를 끊은 다음 아무리 생각해 봐도 이해가 되지 않았다.

그 말은 찬오라는 애가 할 말이 아니었다. 1학년 8반이었던 다른 아이들이 한다면 몰라도 말이다.

그건, 정말, 김찬오가 할 말이 아니었다.

영우의 공간

영우는 걸음을 멈췄다. 아침마다 멈추는 자리다. 이제 몇 걸음만 더 가면 골목이 끝나고 큰 도로와 만난다.

영우는 천천히 숨을 들이마신 뒤 길게 내쉬었다. 한 번, 두 번 세 번. 심호흡이 끝났다.

'그래, 오늘도 한번 시작해 보자!'

영우는 어깨에 멘 가방 끈을 잡아당기면서 걸음을 옮겼다. 도로로 나가자 횡단보도 건너의 회색 건물이 시야를 가득 메웠다. 대각선으로 길게 누운 직사각형 형태의 3층 건물. 한눈에 봐도 정체를 파악할 수 있는 건물이다.

학교다.

횡단보도 앞에는 파란 불을 기다리는 아이가 둘 있었다. 열심히 이야기를 하고 있는 그 아이들은 중학생들이다. 7시 20분이 안 되었으니까 아직 이른 시간이다. 8시가 가까워지면 이 횡단보도는 아래위 각각 똑같은 교복을 입은 중고 남학생들로 바글댈 것이다. '대명학원'은 담 하나를 사이에 두고 남자 중학교와 남자 고등학교가 붙어 있다. 교문은 다른데, 이 횡단보도를 건너서 길이 나뉜다.

영우는 두 아이 옆에 섰다. 횡단보도 앞에 서서 눈에 가득 들어오는 회색 건물을 보면 숨이 턱 막힌다. 연립주택의 골목길을 나오기 전에 심호흡을 하는 이유가 이것이다. 어떻게든 오늘 하루도 저 속에서 버텨 내야 하니까.

신호등이 바뀌어서 영우는 횡단보도를 건넜다. 교문은 비어 있다. 영우가 아침에 부지런을 떨어서 일찍 학교에 오는 것은 빈 교문으로 들어가기 위해서다. 지금은 괜찮지만, 겨울이면 이른 시간의 칼바람을 견디는 것은 만만찮은 일이다. 그래도 칼바람을 맞는 것이 학생부 교사와 3학년 선도부가 늘어서 있는 사이로 지나가는 것보다는 낫다. 아침부터 번뜩이는 감시의 눈길을 받으면 정말 죄수라도 된 기분이니까.

영우는 교문을 들어서서 '大明學園'이 새겨진, 어른 키 두 배는 되는 거대한 바위를 지났다. 지나칠 때마다 느끼는 것이지만, 무지무지하게 큰 바위다. 새겨진 글씨도 가로세로로 걸쳐진 획 하나하나가 큰 몽둥이만 하다.

정문을 마주한 화단을 지난 영우는, 습관처럼 시선을 건물의 한 곳에 고정시켰다. 길게 누운 건물의 대각선 저 꼭대기,

3층의 끝이다.

그 곳에 운동장 쪽을 보고 있는 한 공간이 있다. 영우는 현관으로 들어가기 전에 한동안 멈춰 서서 그 곳을 바라보는 것이 습관이 되었다. 그 곳 창문에 햇빛이 반사되어 반짝이는 것을 보고 있으면, 가슴속이 서서히 따뜻해지는 느낌이다. 따뜻한 물이 들어찬 욕조 속에 몸을 담그고 있는 기분 같기도 하다.

건물의 동쪽 현관으로 들어간 영우는 계단으로 3층까지 올라갔다. 벽으로 막혀 복도가 끝나는 구석에 아직 엷은 어스름이 남아 있는 것 같다. 복도 끝까지 간 영우는 문 앞에서 걸음을 멈추었다.

문 옆 벽, 눈 높이에 책을 펼친 크기의 직사각형 간판이 붙어 있다. 무슨 글자인지 알아보기 어렵다. 흰 바탕에 수없이 많은 글자들이 개미처럼 오글거린다. 얼굴을 가까이 들이대면 그 글자들이 이름이라는 것을 알 수 있다. 수없이 많은 이름이 제각각의 방향과 모양으로 모여 있다. 전교생의 이름이 쓰여 있는 것이다.

1학년 다슬이와 현호가 지난 학기 견습 기자 시절, 2주일 동안에 걸쳐 받아낸 이름들이다. 전지 크기의 아크릴 판에 받아서, 현호 삼촌이 하는 인쇄소에서 축소 복사하고 코팅해서 벽에 붙인 것이다.

그러니까 이 방은, 대명고등학교 인터넷 신문 《목소리》의 편집실이다.

영우는 머리 위로 손을 뻗었다. 창틀의 틈새를 더듬어 열쇠를 꺼냈다. 편집실 열쇠는 공식적으로는 간사인 1학년 호성이가 관리한다. 하지만 복사된 열쇠가 창틀에 있다는 것은 1, 2학년 기자들 모두 다 안다. 아마 서용현 선생님도 알고 있을 것이다.

영우는 문을 열고 실내로 들어섰다. 실내는 부드러운 물과 같은 그늘이 들어차 있다. 남향으로 창문이 나 있지만 반투명 유리여서 직사광선이 들어오지 않는다. 원래 화학 실험기구를 두던 공간이어서 창문을 반투명으로 했다고 한다.

영우는 불을 켜지 않고 타원형 테이블의 의자에 앉았다. 실내는 정말 물속처럼 고요하다. 아직 교실들이 비어 있을 시간이어서 복도도 조용하다. 앞으로 20분 정도는 이런 시간을 가질 수 있다.

영우는 고요한 편집실 안에 혼자 있는 이런 아침 시간이 너무나 좋다. 이렇게 앉아 있으면 이 공간이 자신을 포근하게 감싸 안는 것 같다. 그래서 눈앞을 가로막은 직각의 벽 같은 학교도 견딜 만한 곳이라는 생각이 든다. 영우는 자신이 일찍 등교하는 진정한 이유는 바로 이것이라는 것을 온몸으로 느끼곤 한다.

얼마나 지났을까.

복도가 시끄러워지기 시작했다. 곧 아침 조회가 시작될 것이다. 이제 교실로 들어가야 한다. 다른 아이들은 얌전히 교실

에 앉아 아침자습을 할 때 교실에 있지 않아도 되지만, 학교신
문 기자가 누리는 특권은 여기까지다.

영우는 일어나서 책상 위의 열쇠를 집었다.

계단을 내려와 교실이 있는 2층 복도를 걸어갈 때였다.

"야!"

뒤에서 누가 불렀다. 1학년 때 같은 반이었던 원석이였다.

"너 소식 들었어?"

녀석은 주번인 모양으로 하늘색 플라스틱 쓰레기통을 들고
있었다.

"무슨 소식?"

반문하면서 '애가 몇 반이더라?' 하는 생각이 들었다. 알 수
없었다. 원석이가 눈을 동그랗게 떴다.

"죽었대!"

말꼬리가 낮게 깔렸다.

"죽어? 누가?"

"찬오 말이야. 우리 반이었던 김찬오!"

"뭐!"

'이 녀석이 무슨 농담을 하나.' 하는 생각이 들었다. 죽다니,
김찬오가 죽다니. 그럴 수 없는 일이었다. 바로 토요일, 그저께
만났지 않은가!

"그럴 리 없어!"

영우는 고개를 저었다.

"정말이야. 걔네 반 주번한테 들었어."

찌르르르릉…….

아침 조회를 알리는 벨 소리가 요란스럽게 복도를 휘저었다. 원석이가 쓰레기통 뚜껑을 든 손을 흔든 뒤 황급히 걸어갔다.

2학년 담임들이 우르르 중앙 계단으로 올라왔다.

'찬오가 죽었다고?'

영우는 휘청, 꺾이려는 무릎에 힘을 줘서 5반 교실로 들어갔다.

*

점심시간이지만 운동장은 텅 비어 있다시피 했다. 1학년으로 보이는 아이들 몇이 흙먼지를 일으키며 공을 쫓고 있을 뿐이다.

영우는 스탠드에 앉아 빈 운동장을 물끄러미 바라보았다. 아직 민제는 나타나지 않고 있었다.

'잠깐 좀 보자.'

영우는 3교시가 끝나고 민제에게 문자를 보냈다.

'음악실로 이동 중. 점심시간에 봐.'

영우와 민제는 1학년 때 같은 반이었다. 2학년이 되면서 반이 나뉘었는데, 민제도 기자여서 인터넷 신문 일로 자주 만날 수 있었다. 매주 정기적인 편집회의도 있지만, 수시로 운동장 스탠드나 체육관 앞 등나무 벤치에서 만났다.

담임이나 과목 교사들 모두, 찬오의 죽음에 대해서 입을 다물었다. 뭔가 쉬쉬하는 비밀스러운 분위기였다.

그러나 아이들 사이에서는 빠른 속도로 소문이 퍼져 나갔다. 자살이라는 거였다. 아파트 복도 창문에서 뛰어내린 투신자살이라고 했다. 발견된 것은 일요일 아침인데 언제 죽었는지는 조사를 해 봐야 알 수 있다고 했다. 9반 담임이 반장이랑 병원에 갔다는 소문도 돌았다.

영우는 1교시 수학과 2교시 세계지리, 3교시 영어 시간 내내 머리가 멍한 상태로 보냈다. 수군거리는 아이들 틈에도 낄 수 없었다.

일요일 오전에 발견되었다면, 토요일 밤에 그랬는지 모를 일이다.

'그렇다면……'

영우는 그런 일이 일어나기 불과 몇 시간 전에 찬오를 만난 것이다.

'나를 만나려고 온 것일까? 왜?'

'내게 한 말은 도대체 무슨 뜻이지?'

머릿속에 엉킨 실뭉치가 가득 들어차 있는 느낌이었다.

민제가 운동장 귀퉁이에서 나타나 스탠드로 올라서는 것이 보였다. 고개를 들어 플라타너스 나무 밑의 영우를 발견한 민제가 걸음을 재촉했다.

"들었지?"

영우는 민제가 앉기도 전에 물었다. 민제가 고개를 끄덕였다.

"신문에 속보로 올려야 하는 거 아니야? 선생들은 입을 다 물고 있지만."

말을 하면서 영우는 자신이 서둘고 있다는 것을 의식했다. 몇 시간 뒤, 5시 30분이면 정기 편집회의가 열리니까 자연스럽게 논의될 것이다. 기사 게재 여부는 일단 편집회의를 거쳐야 한다. 주중에 벌어진 일이라면 비상 편집회의라도 열겠지만, 마침 월요일이니 그럴 필요가 없다.

"곧 편집회의 하잖아."

민제의 입에서 예상한 대답이 나왔다.

"그렇긴 하지만……."

영우가 아까부터 민제를 만나고 싶었던 건 그 때문이 아니었다.

"사실은……."

민제가 침착한 얼굴로 영우를 보았다. 민제의 얼굴 표정은 언제 봐도 별 변화가 없다. 옆에서 무슨 일이 벌어져도 눈 하나 깜박하지 않을 것 같다.

"사실은 나, 찬오를 만났어."

"……."

민제는 슬며시 고개를 돌려 운동장 귀퉁이 수돗가를 바라보았다. 아이 둘이 물을 튀기며 세수를 하고 있었다.

영우는 말을 이었다.

"우리 집 골목 앞에서……. 우리 같은 반이었잖아. 그래서 왔나? 잘 모르겠어."

"……."

여전히 민제는 운동장에 시선을 둔 채였다.

"토요일 저녁이야……. 그러니까 그저께."

영우는 가슴에 담고 있던 말을 풀어내기 시작했다.

영우네 집은 꽤 오래된 단독주택들이 늘어선 동네에 있다.

영어 학원 수업이 끝나고 집에 가는데, 골목 입구의 약국 앞에 서서 골목 안쪽을 기웃거리는 아이가 있었다.

찬오였다, 1학년 때 같은 반이었던. 뒷모습을 보고도 금방 알아볼 수 있었다. 꼭 키가 작아서라거나 몸이 통통해서는 아니었다. 그 정도 작은 키와 통통한 아이는 찾아보면 흔할 터였다.

찬오의 동작은 남다른 데가 있었다. 마치 뉴스 시간에 앵커가 외국에 나가 있는 특파원을 부를 때의 장면을 연상하게 했다. 앵커가 "○○○ 특파원!" 하고 이름을 부르면, 정면을 응시하고 있던 특파원은 1,2초쯤 그 상태로 굳어 있다가 그제야 자기 이름을 들었다는 듯 입을 연다.

찬오가 주변 사람이나 상황에 반응하는 모양이 그와 비슷했다. 말이 사이가 뜨고 동작은 서로 이어 붙인 것처럼 어색했다. 1학년 초에는 크게 눈에 띄지 않았지만, 학기 말에는 금방 표시가 날 정도가 되었다.

영우는 골목 안을 기웃거리는 찬오의 동작을 보고 쉽게 알아보았다.

'쟤가 무슨 일이지?'

영우는 고개를 갸웃하며 다가갔다.

"야."

찬오가 멈칫, 굳었다가 천천히 돌아섰다. 또 멈칫, 사이를 두고 조금 웃었다. 입술 귀퉁이가 약간 비틀린, 마치 물이 새듯이 흘러나오는 웃음이었다.

"무슨 일이야?"

"어, 응……."

'약을 사러 왔나?' 하는 생각이 들었다. 골목 안쪽으로 돌아앉아 있는 '정인약국'은 영우가 태어나기 전부터 아빠가 해 오던 것이다. 그러나 곧이어 그럴 리 없다는 생각이 들었다. 찬오는 주택가 뒤쪽의 아파트 단지에 사는 걸로 알고 있다. 단지 앞에도 약국이 두 개나 있다.

"누구 찾아온 거야?"

"아, 그, 저어……."

찬오가 천천히 눈을 들어 영우를 보았다.

"왜?"

영우는 그 눈을 마주 보며 물었다.

그러면서 아주 오랜만에, 찬오가 똑바로 자기를 바라본다는 생각이 들었다.

"미, 미안해……."

'얘가 느닷없이 무슨 말이야?'

"뭐가?"

찬오가 한 음절, 한 음절, 힘들여 입 밖으로 밀어내듯 말했다.

"미, 안, 해. 영, 우, 야……."

"……."

뭐라고 대답해야 할지 아무 생각도 떠오르지 않았다.

몇 초쯤 그렇게 흘렀다.

여전히 대답할 말이 떠오르지 않아 영우는 찬오의 얼굴만 멍하니 바라보았다. 찬오도 영우의 얼굴을 물끄러미 보았다.

마침내 찬오가 슬며시 몸을 돌렸다.

몸을 돌린 찬오는 고개를 한 번 돌려 영우를 보고는 천천히 걸어서 큰 도로 저쪽으로 멀어졌다.

"나를 만나러 온 이유가 뭘까? 같은 반이라서 그랬다면 너한테도 갔을 거 아냐? 왜 그런 말은 했을까? 그게 무슨 뜻이지?"

영우는 민제의 옆얼굴에 대고 질문을 쏟아냈다.

가슴이 답답해서 누구에게라도 묻고 싶었다.

묵묵히 영우의 이야기를 듣던 민제가 천천히 고개를 흔들었다.

"글쎄…… 모르겠다. 난 개를 만난 적 없어."

편집회의

아이들은 각자 자기 몫으로 시킨 자장이나 간자장, 짬뽕 그릇에 코를 박듯이 하고 젓가락질을 했다. 평소라면 잡담으로 소란스러울 텐데 지금은 작은 소음마저 들릴 정도로 조용했다. 서비스로 따라온 군만두 쪽으로 젓가락을 뻗는 아이도 별로 없었다. 다른 때 같으면 눈 깜박할 사이에 사라지는 군만두가 식사가 끝날 때까지 반이나 남았다. 아이들도 큰 충격을 받았을 테니 그럴 만했다.

대강 저녁 식사 자리를 정리하고 편집회의를 시작했다.

오늘 편집회의는 2주 만이다. 지난주가 중간고사여서 건너뛴 것이다. 회의는 기자들 중심으로 진행하는 것이 원칙이다. 서용현 교사는 꼭 필요한 경우가 아니면 끼어들지 않는다. '학생 기자들 스스로 참여하고, 스스로 결정하고, 스스로 실천한다.' 그것이 그가 학교 인터넷 신문을 기획하면서 스스로에게 다짐한 '모토'라고 할 수 있었다.

식사 시간의 무거운 분위기가 연장되어서인지 입을 여는 아이가 없었다. 아직 여러 가지가 다 익숙하지 않은 1학년 기자들이야 그렇다 치고, 논의를 끌어 나가야 할 2학년 기자들도 입을 닫고 있었다.

편집회의의 형식으로 정해진 것은 없지만, 그 동안 회의를 거치면서 불문율처럼 형성된 틀은 있다.

먼저 선배 기자들이 기존의 기사에 대한 평가를 하면 1학년 기자들이 자신들의 의견을 덧붙인다. 이 과정에서 각 난에서 아래로 내릴 기사가 결정된다. 그리고 그 자리를 메울 기사에 대해 논의하는 과정으로 넘어간다. 이 과정은 기사 작성자 선정과 연결되기 때문에 관심이 있는 아이는 좀 더 적극적으로 참여한다.

보도 기사에 대한 논의가 마무리되면 〈목소리 칼럼〉 난의 주제로 넘어간다. 2학년 기자들이 번갈아 쓰는 이 난은, 일반 신문의 사설과 칼럼을 결합한 정도인 셈이어서, 보도보다 중요한 비중을 차지한다.

사실, 보도 기사는 고유한 목소리를 내기에 한계가 있을 수밖에 없다. 보도 기사는 일단 '교외 영역'과 '교내 영역'으로 구분된다.

'교외 영역'은 〈정치·경제〉 〈사회·문화〉 〈스포츠〉 〈책과 영화)로 나뉜다. 기자에 따라 차이는 좀 있지만, 인터넷 포털 사이트의 기사들을 적당하게 활용하여 생산된 기사들로 채워진다. '교내 영역'은 〈학교 뉴스〉 난과 학생들이 실명으로 참여하는 〈우리들 마당〉 난으로 구분된다.

그는 왼쪽 끝에 앉은 영우를 바라보았다. 시선을 붙잡아 이야기를 끌어낼 요량이었지만, 영우는 창 쪽으로 눈길을 돌리고 있었다. 한참 동안 바라보고 있는데도 거의 미동도 하지 않고 창밖 어둠을 쳐다보고 있었다. 빙글빙글 웃으며 말을 술술 풀어놓는 녀석이 그러고 있으니, 그 옆얼굴이 낯설게 느껴졌다.

그가 알고 있는 평소의 영우는 충분히 이런 분위기를 전환하고 논의의 실마리를 끌어낼 능력이 있는 아이다. 논의가 늘어지고 아이들의 집중도가 떨어지면, "시간은 돈이다. 벤저민 플랭크린. 자, 귀중한 돈을 아끼자구." 어쩌구 하면서 분위기를 추스른다. 또 할 일이 많아 시간이 없는 아이들이 논의를 서두르면, 이런 식으로 눙친다. "오래 살기 위해서는 느긋하게 사는 것이 필요하다. 키케로. 여유 있게 살아서 백 살 기념으로 만나야지. 우리 선생님 모시고 말이야." 그런 말들이야 어디 명언 사전이나, 명구집에서 따온 것들이겠지만, 적절한 카드를 쏙쏙 꺼내듯이 맥락에 맞게 쓰면서 어울리는 농담까지 덧붙이는 것은 쉬운 일이 아닐 터였다.

2학년 기자 다섯 명 중에서 준표와 동주가 9월 초에 한 번

나오고 참석하지 않아, 계속 참여하는 2학년 기자는 승욱이, 민제, 영우 셋이다.

승욱이는 침착하게 듣다가 맥락을 짚어서 논의를 발전시키는 데에 장기가 있다.

평소 말이 별로 없는 민제는, 속을 헤아리기 가장 어려운 아이지만, 논의가 지지부진해지면 끈질기게 뿌리를 찾아서 결국 방향을 제시하는 역할을 한다.

그러니까 앞장서서 실마리를 끌어내는 영우, 맥락을 짚어 발전시키는 승욱이, 끈질기게 뿌리를 찾아가는 민제, 이 셋은 이상적인 조합이라고 할 수 있었다.

결국 논의가 시작도 되지 못하는 것은 입을 다물고 창밖만 보고 있는 영우 탓이라고 할 수 있었다.

아무래도 자신이 개입하는 것이 필요할 것 같았다. 그는 간단하게 핵심을 짚어 실마리를 제공하기로 했다.

"자, 시작해 보자. 일단 오늘 우리가 접한 사건. 2학년 9반 아이 사망 사건을 논의해야겠지."

굳어 있던 아이들의 표정에 슬며시 변화가 일어났다.

몇 년 전 여름방학 때 1학년 아이가 익사한 사고는 있었지만, 오래 근무한 교사들이 기억하기로도 이 학교에서 자살은 처음이라고 했다. 신문이나 방송에서야 가끔 접하는 사건이지만, 자기 학교에서 그런 일이 터지리라고는 누구도 예상하지 못한 것이었다. 학교 전체가 민감하게 신경을 곤두세우지 않을 수가 없었다.

"서 선생님, 좀 봅시다."

청소 시간에 운동장에 나가서 담배를 피우고 있는데 핸드폰이 울렸다. 교감이었다. 상담실에 있다고 했다.

그가 2층의 상담실로 들어가자, 황갈색 카디건을 입은 교감은 그를 안쪽 의자로 잡아끌었다. 교감의 입술은 건조하게 갈라져서 허옇게 보푸라기가 일어 있었다.

"그, 2학년 아이 사망 사건 말이오, 거참 골치 아픈데……. 아 참, 오늘 편집회의 있지요? 서 선생님이 지도하는 인터넷 신문."

"예."

"죽은 아이야 안됐지만……. 그거야 이제 어쩔 수 없는 일이고. 뭐, 내가 이런 말을 안 해도 잘 아실 겁니다. 절대 조용해야 합니다. 오늘로 수능 딱 한 달 남았습니다. 남은 한 달 동안 학습 분위기, 절대 중요해요. 고3 수험생 있는 집에서는 숨소리도 크게 못 낼 땝니다. 우리가 그런 아이들 수백 명을 맡고 있어요. 바늘구멍만 한 틈이라도 생기면 절대 안 됩니다. 조금이라도 분위기 흐트러지는 일이 있어서는 절대 안 돼요. 교장 선생님도 그걸 굉장히 염려하십니다."

교감은 '절대'라는, 단호한 의사를 표명하는 부사를 남발하고 있었다. 평소에도 교사들에게 소심하다는 평가를 받아 온 교감이 잔뜩 긴장하고 있다는 증거였다.

"……."

"그냥 조용히 지나가는 것이 상책일 것 같은데 말입니다. 어때요, 서 선생님?"

"예?"

"아, 그 신문 말입니다. 뭐, 보도하네 어쩌네, 괜히 긁어 부스럼이 되지 않겠냐 말이지요. 그냥 며칠 지나면 잠잠해질 것 같으니까……. 그냥 넘기는 것이 낫지 않겠어요? 현 시점에서는 학습 분위기가 절대적으로 중요하니 말입니다."

교감이 눈을 계속 깜박였다. 깜박일 때마다 오른쪽 눈초리 아래가 파르르 떨리고 있었다.

교감의 말은 그의 의견을 묻는 형식이지만 실제로는 압력이나 다름없었다. 그는 불쾌한 기분이 머리를 드는 것을 꾹 누르고 천천히 대답했다.

"그건 어려울 것 같습니다. 현명한 대처 방법 같지도 않고 말입니다. 쉬쉬해도 이미 전교생들이 다 알고 있는 사실입니다. 학교에 신문이 있는데, 이런 중대한 사건을 보도하지 않는다면 그것이 더 문제가 될 수 있습니다."

교감이 이마를 찌푸리고 손사래를 쳤다.

"알았어요. 서 선생님이 책임지고 잘 지도하세요. 간단한 애도문 정도로 처리하는 것도 한 가지 방법이 될 수 있겠네요. 다만 한 가지, 소란스럽게 해서는 절대 안 된다는 것을 명심하시

고요. 아시겠죠!"

교감은 못을 박듯 말하고 상담실을 나갔다.

그는 머리를 흔들어 낮에 상담실에서의 일을 털어 내고 말을 이었다.

"그 사건에 대한 〈학교 뉴스〉 기사부터 논의하는 것이 순서일 것 같은데……."

그의 말이 물꼬를 튼 격이 되어 논의가 시작되었다.

다른 때와 달리 주로 1학년들이 나섰다. 열다섯 명으로 시작했던 1학년은 다슬이, 현호, 호성이, 경수, 진석이, 용교, 도연이, 종우, 원재 이렇게 아홉 명만 남았다. 자연스럽게 이번 보도 기사는 1학년이 맡기로 했다. 바쁘다며 뒤로 빠지는 진석이, 도연이, 경수와 간사인 호성이를 제외하고, 나머지 다섯 중에서 용교, 원재, 종우 셋이 기사를 작성하기로 했다.

다른 기사에 대한 논의는, 분위기로 봐서 다음 주 편집회의로 넘어가야 할 것 같았다. 인터넷 신문의 특성상 매주 꼭 새로운 기사를 올려야 하는 것은 아니었다. 기존의 기사 중에서 조회 수가 적거나 문제가 발견된 기사를 내리고 새로운 기사를 올리는 식이어서, 어느 정도 시간 여유는 있었다. 그리고 영화와 스포츠 코너를 맡은 다슬이와 현호가 새 기사를 올릴 테니까 그 정도면 괜찮았다.

그렇게 마무리될 것 같은 회의 분위기가 갑자기 바뀌었다.

평소와 달리 침묵을 지키고 있던 영우가 불쑥 나선 것이다.

"제의가 하나 있습니다."

다들 영우의 입을 바라보았다.

"김찬오 학우 자살 사건 말입니다."

순간, 마무리가 되려던 참이라 약간 느슨하게 풀리던 분위기가 다시 팽팽하게 당겨졌다.

"취재 기사 정도로 끝낼 수 없는 사건이라고 생각합니다."

1학년 아이들 몇이 동의의 표시로 고개를 끄덕였다. 승욱이와 민제는 영우를 물끄러미 바라보고 있었다.

영우는 고개를 돌려 승욱이와 민제를 보면서 말했다.

"그래서 저는 우리 신문에서 기획특집으로 다룰 것을 제안합니다."

승욱이가 평소의 침착한 목소리로 반론을 제기했다.

"의도는 이해할 수 있지만, 형식에 문제가 있는 것 같은데요. 우리 신문에는 기획특집 난이 없습니다. 기술적으로 조정할 수는 있겠지요. 하지만, 일시적인 사태로 해서 편집의 기본 틀을 조정한다는 것은, 아무래도 좀 문제가 있을 것 같습니다."

영우가 말을 받았다.

"방법이 있습니다. 기존의 〈목소리 칼럼〉 난을 활용할 수 있습니다. 이 난에 기획특집 형태로 싣는 것입니다. 물론 형식적으로 약간의 무리는 있을 수 있다고 봅니다. 그러나 이 사건은,

그저 이렇게, 단순 보도로 끝낼 수는 없다고 생각합니다."

이전의 회의들처럼 토론의 기운이 살아나고 있었다. 그는 상체를 약간 뒤로 젖혀 평소 토론을 듣는 자세를 취했다.

〈목소리 칼럼〉난을 활용하는 문제에 대해 승욱이와 영우는 두어 차례 반론을 주고받았다. 결국 영우의 강한 주장에 승욱이가 밀리는 형국이 되어서 영우의 의도대로 가는 것 같았다.

그 때 민제가 이의를 제기하고 나섰다.

"아직 어떤 이유로 그랬는지 잘 모르는데, 우리가 나선다는 것이, 문제가 될 수 있지 않을까요. 이 사건은, 쉽게 뭐라고 판단을 내릴 수 없고…… 특집으로 다루기도 어렵다는, 그런 생각이 듭니다."

민제는 낮게 깔리는 듯한 목소리로 한마디 한마디 끊어서 말했다.

의외였다. 대부분의 회의에서 영우의 앞서 가는 주장들을 뒤에서 차분하게 받쳐 주는 사람이 민제였다. 두 아이는 항상 호흡이 잘 맞았다. 그의 기억에 편집회의에서 두 아이가 의견 충돌을 일으킨 경우는 없었다.

민제의 입을 응시하고 있던 영우가 즉시 반박에 나섰다.

"그러니까 알아보자는 것입니다. 그 친구가 왜 자살을 했는지, 그 진실이 무엇인지 모르니까 이 특집을 기획하자는 것이지요. 특집으로 사실과 진실에 접근해 보자는 의도입니다. 학교신문이 있는데, 그렇게 해야 하는 것 아닌가요?"

다시 민제가 고집스런 어조로 자신의 생각을 말하자 의견이 두어 차례 더 오갔다.

결국 1학년 기자들 모두 영우의 주장을 지지해서, 이번 사건은 기획특집으로 다루기로 결정되었다. 논의가 진행될수록 영우의 말은 점점 열기를 띠었고, 그 열기에 1학년 아이들이 설득당한 것 같았다.

기획특집은 2학년 기자 셋이 한 회씩 맡아 3회로 구성하기로 했다. 구체적인 기사 방향과 집필 순서는, 내일 집필자 세 명이 참여하는 임시 편집회의를 열어 더 논의하기로 결론을 내리고 편집회의를 마쳤다.

*

서용현 교사는 아까 편집회의에서의 토론 과정을 묵묵히 지켜보기만 했다.

물론 지도교사로서 논의 과정에 개입할 수는 있다. 회의를 시작할 때 이야기의 물꼬를 터 준 것처럼, 논의가 제자리를 맴돌 때 방향을 제시하고, 말들이 꼬여서 혼란스러울 때는 갈래를 쳐서 정리할 수도 있다. 하지만 논의가 별 문제 없이 진행될 때는 가만히 지켜보자는 것이, 학교신문을 시작하면서 그가 스스로에게 정한 원칙 중 하나였다.

그러나 오늘 침묵을 지킨 것은 논의가 자연스럽게 흘러가서

가 아니었다. 마음속에서 뭔가 갈피를 잡기 어려운 것들이 뒤엉키고 있었기 때문이다. 자신이 개입하여 논의의 방향을 틀어야 한다는 생각과, 그래서는 안 된다는 생각이 맞붙어 싸우고 있었다. 편집회의 내내, 깊고 무거운 어둠을 앞에 두고 있는 기분이었다. 그 어둠 속에는 정체를 파악할 수 없는 무엇인가가 캄캄하게 도사리고 있는 것 같았다.

그는 테이블 위로 손을 뻗어 담뱃갑을 집었다. 속이 비어 있었다. 다섯 개비쯤은 남아 있었던 것 같은데, 혼자 앉아 있는 한 시간 남짓 동안 다 피운 모양이었다. 항상 그렇듯이, 빈 담뱃갑을 보자 더 맹렬하게 흡연 욕구가 일었다.

교무실에 남아 있는 자율학습 담당 교사들을 떠올려 보았다. 윤리 김 선생과 생물 박 선생은 담배를 피우지 않고, 영어 이 선생은 작년에 끊었다. 담배를 사려면 학교 앞 24시간 편의점까지 걸어가야 한다.

그는 일어나서 창문 옆에 모로 붙여 세워진 밤색 책장으로 다가갔다. 둘째 칸 안쪽에서 사전 크기의 두툼한 책을 앞으로 빼냈다. 그 책에는 세로로 '大明學園 20年史'라는 금박 글씨가 쓰여져 있었다.

짐작대로였다. 책 중간이 예리한 칼로 파여 있고 그 안에 담배와 라이터가 얌전하게 누워 있었다. 그는 담배와 라이터를 꺼내고 창문을 조금 열었다. 교실에서 내쏘는 형광등 조명을 받아 건물 앞쪽은 희뿌옇게 보였지만, 운동장 저쪽은 깊은 어둠이 들어차 있었다.

그는 자리로 돌아와 앉아 담배에 불을 붙였다.

이 담배와 라이터는 2학년 승욱이가 넣어 놓았을 것이다. 승욱이는 자연계 전체에서 성적이 다섯 손가락 안에 든다. 행동도 모나지 않고 복장도 단정해서 교사들이 모범생의 전형으로 꼽는 아이다.

한 달쯤 전이었다. 자율학습 감독을 하다가 편집실에 불이 켜진 것을 보았다. 비어 있을 시간이었다. 그는 누가 불을 켜놓고 나갔다고 생각했다. 창틀 위에 있을 열쇠로 손을 뻗는데, 안쪽에서 바닥에 의자가 끌리는 소리가 들렸다. '혹시 아이들이 있나?' 하고 손잡이를 돌렸지만, 잠겨 있었다.

"누구 있니?"

대답이 없었다.

"안에 누구 없어?"

조금 목소리를 높였다. 역시 대답이 없었다. 이상하다고 생각하면서 창틀의 열쇠를 집는데 창틈으로 목소리가 흘러나왔다.

"선생님, 저예요."

곧이어 문이 열렸다. 승욱이였다.

"참고서를 두고 간 것 같아서요."

천장의 형광등 아래에서 아직 다 풀리지 않은 엷은 회색 연기가 춤을 추고 있었다.

그는 눈길을 내려 승욱이를 보았다.

"그래, 찾았니?"

"여기에 없는 것 같아요."

승욱이는 표정의 변화 없이 대답했다. 대각선으로 책장 안쪽의 두툼한 책이 다른 책들과 달리 반 뼘 정도 빠져나와 있는 것이 보였다. 승욱이의 교복 상의와 바지 주머니는 홀쭉해서, 비어 있는 것이 분명했다.

"저 교실에 가 볼게요."

승욱이가 문으로 걸어왔다. 그는 한 걸음 비켜서면서 말했다.

"그래, 가 봐라."

승욱이가 나간 다음, 그는 책장으로 걸어가 삐죽이 빠져나와 있는 책을 빼냈다. 책 속에는 예상대로 담배와 라이터가 있었다.

그는 담배와 라이터는 그대로 둔 채, 승욱이가 미처 들여 밀지 못한 책을 제대로 끼워 놓고 편집실을 나왔다.

그 뒤 몇 번 책을 꺼내 봐도 항상 라이터와 담배가 들어 있었다. 담배의 양이 변하는 것으로 봐서 지속적으로 흡연을 한다는 것을 알 수 있었다. 승욱이도 그가 담배와 라이터를 발견했다는 것을 눈치챘을 것이다. 그 날, 천장 아래 풀리는 담배 연기를 좇은 그의 시선을 눈치채지 못했을 리 없으니까.

아마 그와 자신 사이에 일종의 묵계가 성립되었다고 간주하고 있는지 모를 일이었다. 승욱이의 판단은 정확하다면 정확한 셈이었다. 그 날 이후 그는 모른 체하고 있으니까. 아무튼 모범생의 얼굴 뒤에 대담한 구석을 감추고 있는 아이였다.

어느새 자율학습이 끝났는지 복도가 시끄러워지기 시작했다.

그는 담뱃불을 눌러 끄고 자리에서 일어났다.

창문을 닫으려고 하다가 문득, 아까 편집회의에서 논의를 시작할 때 자신이 쓴 표현이 떠올랐다. '김찬오' 대신 '아이'라 했고, '자살' 대신 '사망'이라고 표현한 것이다. 고유명사를 보통명사로 바꾸고, 구체적인 행위를 추상적인 사건으로 바꾼 셈이다.

그는 창문에 손을 얹고 자신이 바꾼 표현에 대해, 자신의 잠재적인 심리에 대해 한참 동안 생각했다.

창문을 닫으면서, 자신에게 다짐하듯 그는 마음속으로 말했다.

'2학년 9반 학생 김찬오가 죽었다. 그건 자살이었다.'

영우의 제안

"야, 이민제."

아파트 앞 상가의 영어 학원을 나오던 민제는 고개를 돌렸다. 영우가 편의점 앞에 서 있었다.

"웬일이냐?"

"토요일 오후다. 좀 쉬어 가면서 해라. 학교에, 학원에, 지치지도 않냐."

"뭘……. 그냥 왔다 갔다 하는 거지."

"자."

다가온 영우가 비타민 음료를 내밀었다.

"넌?"

"기다리면서 두 병이나 마셨다."

"웬일이냐니까?"

영우는 머뭇거렸다.

"뭐, 이야기 좀 할 것이 있어서……. 집에 가는 길이지?"

"응."

"가자."

영우가 앞장을 섰다. 민제도 영우를 따라 걷기 시작했다.

민제가 옆에 따라붙자 영우가 물었다.

"승욱이 글 읽어 봤지?"

민제는 고개를 끄덕였다.

승욱이가 메일로 서용현 선생님과 기자들에게 기획특집 원
고를 보낸 것은 어젯밤 12시 가까이 되어서였다. 승욱이의 기
사는 월요일 정례 편집회의에서 지도 교사와 기자들의 의견
교환을 거쳐 그 날 밤으로 실리게 된다.

영우가 민제를 보고 씨익 웃으며 말했다.

"역시 무혈동물답더군."

무혈동물이란 영우와 민제만 아는 승욱이의 별명이다. 영우
가 붙인 것인데, '찔러도 피 한 방울 안 나올 인간'이란 속담과
'냉혈동물'을 퓨전해서 붙인 것이라 했다.

"뭐, 무난하던데."

'자살은 치유되어야 할 질병이다'라는 제목을 붙인 승욱이
의 글은 이렇게 시작하고 있었다.

이미 우리 《목소리》가 긴급 뉴스로 보도했다시피 우리 학우 중 하

나가 자살로 불행한 죽음을 맞이하였다. 우리는 그 학우의 죽음에 대해 삼가 애도를 표현하면서, 다시는 그와 같은 불행한 사태가 발생하지 않도록 하기 위해서 이 문제를 살펴보고자 한다.

서론에 이어서 승욱이는 자살의 역사, 원인, 양상 등을 요약하여 정리한 다음에 간략한 주장으로 끝을 맺고 있었다.

(……) 최근 몇 년 연속, 우리 사회의 자살률이 OECD 국가 중 1위라는 통계가 나와 있다. 특히 청소년의 자살은 미래의 주역들이 스스로 삶의 희망을 포기하는 극단적인 행위라는 점에서 심각한 사회 문제라 하지 않을 수 없다. 우리는 자살이 개인적·사회적 질병이라는 것을 명확히 인식하고 대처해야 할 것이다.
(청소년 자살 문제에 대해서는 연속 기획특집 2회에서 다루게 될 것이다.)

"인터넷 이리저리 뒤져서 짜깁기한 기사지. 뒤르켐의 자살론이 어떻고, 알바레즈의 자살의 연구가 어떻고 한 거, 다 어디 까페나 블로그에 있는 서평 쥐 뜯어먹듯이 베낀 거 아니야."

영우가 냉소적인 목소리로 말했다. 민제는 영우가 억지를 부리고 있다고 느꼈다. 지난 월요일, 편집회의 때부터 느낀 감정이다.

민제는 영우의 옆얼굴을 보며 말했다.

"승욱이가 일반적인 이야기를 하기로 했잖아. 내가 썼어도 그런 정도를 벗어나지 못했을 것 같아. 언제 책 읽을 시간이 있었겠어."

"그렇다고 볼 수도 있지만 같은 내용이라도 다르게 쓸 수 있는 거야. 1학년 애들이 쓴 기사가 더 느낌이 있었지."

영우가 말하는 기사는, 1학년 기자인 용교, 원재, 종우가 지난 화요일에 부랴부랴 취재해서 수요일에 올린 긴급 뉴스였다.

우리의 학우 김찬오 군이 지난 일요일(14일) 아침 자신의 아파트 화단에서 투신 자살한 채로 발견되었다. 투신한 장소는, 벗어 놓은 신발로 보아 19층 복도 창문으로 추정된다.

최초로 발견하여 신고한 경비원에 따르면, 발견 시각은 아침 7시쯤이라고 한다. 아파트 출입구 옆 화단의 향나무 가지가 부러진 것이 이상하여 접근해서 발견했다고 하였다. 따라서 현재로서는 정확한 사망 시간을 알 수는 없다. 다만 전날 밤 11시 경 순찰을 할 때는 아무 이상이 없었다는 경비원의 말로 미루어 볼 때, 투신 시각은 11시 이후 심야에서 새벽까지의 어느 시간으로 추정된다. 본 기자들이 관할 파출소에서 취재한 바에 따르면, 자살로 단정할 수 있는 자필 유서가 김찬오 학우의 책상 위에서 발견되었다 한다. 유족의 거부로 유서 자체를 확인할 수는 없었는데, 경찰을 취재하여 알아낸 바로는, 그 유서는 짧은 한 문장으로 되어 있다고 한다.

"아빠 엄마 미안해."

본 《목소리》에서는 이 사건에 대한 기획특집을 준비하고 있음을 예고한다.

민제와 영우는 민제네 아파트 단지 입구 앞까지 왔다. 지난 일요일, 민제가 보도블록에 걸린 자전거와 함께 넘어졌던 지점이다. 튀어나왔던 보도블록은 깨진 그대로 높이만 맞춰져 있었다.

민제는 공중전화 부스를 쳐다보았다. 대부분의 시간에 그렇듯 부스 안은 비어 있었다.

문득, 찬오의 얼굴이 선명하게 떠올랐다. 물끄러미 민제를 바라보는 얼굴이었다. 작년 어느 날, 같은 반이었을 때의 기억일 텐데 짚어낼 수가 없었다.

민제는 고개를 흔들어 찬오에 대한 기억을 털어 냈다.

걸음을 멈춘 영우가 고개를 돌리며 말했다.

"그래서 말이야, 두 번째로 내가 쓰면 안 될까?"

"응?"

민제는 영우의 얼굴을 보았다. 영우의 말이 귀에 잘 들어오지 않았다.

다음 특집 기사를 쓸 순서는 민제였다. 지난 화요일 야자 시간에 2학년 기자 셋이 만나서 그렇게 결정했던 것이다.

영우가 말을 이었다.

"우리 순서를 바꾸자는 거지. 승욱이의 칼럼, 무난하기는 하지만 너무 막연해. 내가 좀 초점을 명확하게 하고 싶어서. 물론 네가 써도 되겠지만, 참을성 없는 내가 먼저 나서야 할 것 같다."

"순서 정했잖아."

"그거야 우리 셋이서 정한 거고, 승욱이는 이미 썼으니까 우리 둘만 합의하면 문제가 안 되는 거지. 사실, 다다음 주 주말에 시골 가야 할 것 같아. 아버지 고향, 해남 말이야. 할아버지 팔십 되는, 거, 뭐라더라, 하여간 큰 잔치라서 이 장손이 꼭 있어야 한단다. 기사 마무리할 정신 있겠냐. 다음 주에 쓰고 끝내야지."

"그래……."

"일단 그렇게 하는 걸로 하자."

민제는 머뭇거리다가 고개를 끄덕였다. 두 번째 순서로 알고 어림잡고 있었기에 마지막에 쓸 내용에 대해서는 생각해 보지 않았다. 그러나 영우가 뒤로 빠지는 것도 아니고, 사정을 밝히면서 자신이 먼저 쓰겠다고 하는데 거절할 수가 없었다.

"자, 간다. 내일 자전거 타지?"

영우의 물음에 민제는 고개를 끄덕였다. 영우가 손을 흔들며 말했다.

"갈 수 있도록 노력해 볼게."

"그래."

돌아서서, 두어 걸음 걸어가던 영우가 멈추며 고개를 돌렸다.

"아, 참……."

단지 입구로 걸음을 옮기던 민제도 멈췄다. 영우가 몸을 돌리며 말했다.

"내가 연락 좀 해 봤어."

"뭐를?"

"1학년 때 우리 반 아이들한테 말이야. 몇 아이들이 그러더라. 찬오가 전화도 하고 찾아오기도 했다고. 다 연락해 본 것은 아니고, 아예 대답을 안 하는 애들도 있었지만."

"……."

민제는 슬그머니 눈길을 돌렸다.

영우의 목소리가 이어졌다.

"그러니까, 지난 주 토요일 저녁 나를 찾아온 것이 분명한 것 같아. 우리 집 들어가는 골목에 서 있었다고 했잖아."

"……."

돌아선 영우가 휘적휘적 멀어져 갔다.

민제는 한참 동안 그 자리에 서 있었다.

그 자리에 찬오가 서 있었다

영우는 시멘트 축대를 끼고 골목 모퉁이를 돌았다. 불을 환하게 밝힌 '정인약국'의 아크릴 간판이 눈에 들어온다. 약국 안도 불빛이 골목 안으로 빛을 내쏘고 있다.

몇 걸음 더 걸어가자 익숙한 약국 안의 풍경이 눈에 들어온다.

판매대 뒤쪽 밤색 소파에 한 남자가 앉아 있다. 아빠다. 아빠는 이미 희끗희끗하고 엉성해진 뒷머리를 소파 등받이에 얹은 채 시선을 허공으로 쳐들고 있다. 반대편 벽에 걸린 텔레비전을 보고 있는 것이다. 언제부터인지 기억할 수도 없다. 손님이 없을 때 아빠는 항상 저런 모습이다.

영우는 유리문을 밀었다.

"응, 벌써 저녁 시간 됐나?"

"예, 7시 다 됐어요."

토요일이나 일요일 저녁, 약국에 온 영우와 아빠가 나누는 대화도 아주 오래 전부터 일정하다.

"그래, 좀 보고 있어라."

보풀이 일고 색이 바래 희뿌옇게 보이는 보라색 재킷을 입은 아빠는 소파에서 등을 떼어 내고 몸을 일으켰다.

아빠가 골목 저 안쪽에 있는 집에 들어가면, 엄마가 상차림을 끝내고 국을 퍼 낸다. 아빠가 수저를 들면 엄마는 약국을 지키기 위해서 나온다. 엄마는 아빠가 식사를 마치고 양치질을 하고 나오기까지 30분 정도 약국을 지킨다. 그러니까 영우가 약국을 지키는 시간은 아빠와 엄마가 교대하는 그 짧은 사이다.

평일에 영우가 없어서 잠깐 비는 시간은, 약국 문에 열쇠를 채운다. 꽤 오래 전 형과 누나가 집에 있었을 때는, 그들이 영우의 역할을 맡았을 것이다.

영우는 아빠가 앉았던 소파에 걸터앉는다. 엉덩이가 따뜻하다. 폭죽이 터지듯 벽 위 텔레비전에서 웃음이 쏟아져 나온다. 토요일 저녁의 오락 프로그램이다.

영우는 리모컨을 들어서 텔레비전을 껐다. 일시에 약국 안이 고요해진다. 도로에서 들려오는 자동차 소리만 정적을 휘저을 뿐이다.

영우는 약국 앞 골목으로 시선을 돌렸다. 차갑게 느껴지는 형광등 빛이 텅 빈 골목에 깔려 있다.

안쪽으로 꺾어지는 모퉁이에서 엄마가 나타났다.

"들어가렴."

엄마가 문을 열고 들어서며 말했다.

영우는 골목으로 걸어나와 뒤를 돌아보았다.

엄마가 소파에 앉으면서 리모콘으로 텔레비전을 켜고 있었다. 엄마는 아빠가 나오기까지 아빠와 같은 자세로 앉아 텔레비전을 올려다볼 것이다.

식사 때가 아니더라도 엄마가 약국에 나와 있을 때가 있었고, 그 때도 엄마는 텔레비전을 올려다본다. 어떤 때는 아빠와 엄마가 같이 약국에 나와 있기도 하는데, 아빠는 소파에 엄마는 등받이 없는 감청색 천 의자에 나란히 앉아 텔레비전을 본다.

갓 약대를 졸업한 아빠가 이 골목에 약국을 차렸을 때는 물론이고, 형이나 누나가 학교에 다닐 때는 그렇지 않았을 것이다. 영우도 어렴풋이 기억하고 있다. 누나나 형이 집에 있었을 때, 주말이면 집 안을 가득 채우던 말소리와 음식 냄새를. 영우는 둘째인 형 영석과 열두 살 차이가 나는 늦둥이다. 첫째인 영미 누나와는 열네 살 차이였다.

성적이 우수해 소위 일류 대학에 들어간 영미 누나는, 대학 2학년 때 교회 수련회에 갔다 오다가 교통 사고를 당해 죽었다. 열일곱 명이 탄 미니 버스가 굴렀는데 다섯 명이 죽고 나머지는 크고 작게 다쳤다. 죽은 다섯 명 중에 영미 누나가 들어 있었다. 10년 전 일이었다.

역시 일류 대학을 졸업한 형은 외국계 회사에 취직하여 5년 전 미국으로 건너갔다. 다음 해에 그 곳에서 만난 중국계 여자와 결혼했다. 아빠는 약국을 비울 수 없다는 이유로 결혼식에 가지 않고 엄마만 갔다. 형은 몇 달에 한 번씩 국제 전화로 안부를 묻는다.

영우는 가끔 자신이 누나나 형의 그림자라는 느낌이 든다. 영우를 보는 엄마와 아빠의 눈길 저 뒤에 영미 누나와 영석이 형이 서 있다는 느낌 말이다. 거실 한 벽을 가득 채우고 있는, 누나와 형이 남긴 책을 볼 때도 그렇다. 그건 쉽게 설명할 수 없는 이상한 느낌이다. 단순히 기분이 어떻다고 말하기는 어렵다.

한 가지 다행인 것은 있다. 보통의 다른 아이들과 달리 영우는 엄마 아빠의 무거운 눈길, 그러니까 무슨 기대나 희망의 눈길을 심하게 받지 않아도 된다는 점이다.

아마 중학교 때 영우 정도의 성적이었다면, 다른 부모들은 대단한 기세로 덤벼들었을 것이다. 과학고나 외고 같은 특수고에 보내려고 말이다. 그러나 성적표를 보고, 아빠는 물론이고 엄마도 그저 '잘했구나' 식의 반응을 보일 뿐이었다. 처음에는 맥이 풀렸지만 반복하다 보니, 오히려 그런 반응이 편안해졌다.

집을 바라보는 골목으로 꺾어들기 전이었다.

영우는 문득 고개를 돌렸다. 꼭 저만큼 뒤, 약국 앞 골목에 누가 서 있는 것 같았다. 돌아보니 아무도 없었다. 약국에서 흘러나오는 불빛만 하얗게 골목을 밝히고 있을 뿐이었다.

영우는 멈춰서 뒤돌아 약국 앞 골목을 바라보았다.

'저기에 찬오가 서 있었어.'

그렇다. 찬오는 저 자리에 서서 골목 안쪽을 들여다보고 있었다. 그 때의 찬오 모습이 또렷하게 떠올랐다.

'왜 거기 서 있었던 거야? 도대체 나한테 미안하다는 말은 왜 한 거니?'

마치 체하기라도 한 것처럼 가슴이 답답했다. 영우는 자신도 모르게 한 걸음, 찬오가 서 있던 자리를 향해 발을 내디뎠다.

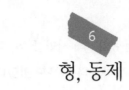

형, 동제

불빛이 눈부시게 쏟아져 들어오고 있었다. 그 빛을 등지고 큰 형체가 서 있었는데 알아볼 수가 없었다. 머릿속에 물에 젖은 솜뭉치가 묵직하게 들어차 있는 느낌이었다.

눈꺼풀이 무겁게 내려앉아 다시 눈을 감았다.

딸깍, 스위치 누르는 소리가 들리고 천장의 등이 켜졌다. 눈을 뜨니 엄마가 침대 옆에 서 있었다.

"그만 일어나. 많이 잤어. 정말 몸살 기운 있는 거 아니니?"

민제는 비로소 정신이 들었다. 아스피린을 먹고 누운 기억이 떠올랐다.

오후 3시부터 수학 과외를 했다. 수학은 중학교 때부터 민제를 괴롭히고 있는 취약 과목이다. 지난 모의고사에서 언어는 1등급을 받았는데, 수리는 4등급이었다. 외국어는 2등급이니까 그 수준이면 걱정할 정도는 아니다. 과목에 따라 3~6등급까지 오르락내리락하는 사회탐구 영역은 암기 과목이니까 별 문제가 안 된다. 적당히 내신 관리하다가 3학년 여름방학을 전후하여 바짝 하면 치고 올라갈 수 있다. 하지만 수학은 그런 방식이 통하지 않는다. 1학기까지 대학생 형과 공부하다가, 이제 전문으로 과외를 하는 선생에게 지도를 받는다. 일주일 두 번에 대학생 형은 30만 원인데, 노처녀 과외 선생은 70만 원이다.

오전에 영우와 자전거를 탈 때부터 등이 조금 추운 느낌이었는데 과외를 할 때부터는 머리가 묵직해지면서 쑤셔댔다. 참았지만, 점점 더 심해져서 끝날 때쯤에는 온몸이 바닥으로 가라앉는 것 같았다.

과외 선생을 배웅하고 난 뒤 민제는 소파에 주저앉았다.

"열도 좀 있는 것 같다. 학교에서 무슨 일 있었니? 생전 안 아프던 애가 웬일이라니?"

이마를 짚어 본 엄마가 당황하여 어쩔 줄 몰라했다.

"괜찮아. 그냥 좀 머리가 무거워서 그래. 한 시간만 잘래."

"응, 그래라. 아스피린 먹고 자. 능률도 안 오르는데 앉아 있는 것보다는 머리를 식혀 주는 것이 효과적이겠지."

그래서 잠이 들었는데 꽤 시간이 지나 버린 것 같았다.

"좀 괜찮니?"

엄마가 침대에 앉으면서 이마를 짚었다.

"열은 없어진 것 같다. 일어나. 삼계탕 끓여 놨어."

민제는 몸을 일으켰다.

식탁에는 한 사람 몫의 수저만 있었다.

"아빠랑 나는 먹었다. 9시가 다 됐어. 낮잠이라고는 모르던 애가 무슨 잠을 그렇게 깊이 자니. 몇 번이나 깨워도 못 일어나고."

엄마가 삼계탕을 국자로 뜨면서 말했다.

"아빠는?"

"응, 안방에서 드라마 보시나 보다."

민제가 안방 문을 열었다. 아빠는 긴 쿠션에 비스듬히 기대 누워 주말 드라마를 보고 있었다. 구청 수도과에 계장으로 근무하는 아빠는 역사 드라마는 꼭 챙겨 본다.

"아빠."

아빠가 윗몸을 일으켰다.

"음, 일어났냐. 밥 먹어라."

"응."

민제는 안방 문을 닫고 주방으로 갔다.

엄마가 김이 오르는 삼계탕을 쟁반에 받쳐 들고 식탁으로 오면서 말했다.

"많이 있으니까 먹고 더 먹어."

바닥이 넓은 그릇 안에는 엄지손가락보다 더 굵은 인삼이 세 뿌리나 들어 있었다.

지난봄에 단지 안 상가 2층에 한의원이 하나 들어섰다. 엄마는 공부를 제대로 하려면 우선 몸이 튼튼해야 한다고 강조하면서 민제의 손목을 잡고 상가 계단을 올랐다. 맥을 짚은 젊은 한의사는 민제의 체질에는 인삼 같은 따뜻한 성질의 약재가 좋다고 했다.

그 후로 엄마는 기회만 되면 인삼을 먹이려고 신경을 썼다.

그릇을 반 남짓 비웠을 때 현관 벨 소리가 들렸다.

"이 시간에 누구야?"

맞은편 의자에 앉아서 민제가 먹는 것을 바라보고 있던 엄마가 고개를 갸우뚱하며 몸을 일으켰다. 안방 문이 열리며 아빠가 나왔다.

"동제인가⋯⋯."

일어서던 엄마가 고개를 획 돌리며 주저앉았다.

"동제냐?"

아빠가 현관으로 걸어가면서 물었다. 문 밖에서 "예." 하는 대답이 희미하게 들렸다.

"저 왔어요."

형 동제가 거실로 들어서면서 말했다. 물 빠진 청바지에 소매를 걷은 군청색 와이셔츠 차림이다. 바지고 와이셔츠고 언제 빨아 입었는지 한눈에 보기에도 꾀죄죄하고 후줄근하다. 가방도 들지 않은 빈손이다. 형은 한 달에 한 번, 때로는 두 달에 한 번 집에 오면서도 빨래를 갖고 온 적이 없다. 얼굴이나 비치러 왔다는 듯 획 나타나서, 비어 있는 자기 방에서 하룻밤

자고 사라지는 식이다. 토요일에 올 때도 있고, 오늘처럼 일요일에 올 때도 있다.

"온다는 말도 없이 웬일이냐?"

항상 연락 같은 것은 없는데도 아빠는 형만 보면 이런 식의 말을 한다.

"그냥요."

형의 대답도 비슷하다.

엄마가 말없이 싱크대로 가서 국자를 집어 들었다. 형에게 남은 삼계탕을 퍼 주려는 모양이다. 이 정도만 해도 엄마와 형 사이는 굉장히 많이 메워진 셈이다. 그런 엄마의 등을 보고 아빠가 희미하게 미소를 지었다.

"밥 먹고 왔어요. 친구들 만나서요."

형의 말에 엄마가 국자를 내려놓았다. 국자가 싱크대에 떨어지는 소리가 요란했다.

"야, 창문 좀 열자."

민제가 식사를 끝내고 방에 와 있는데, 형이 재떨이 대용으로 쓰는 깨진 접시를 들고 들어오며 말했다. 형은 침대에 걸터앉으며 담배를 꺼냈다. 민제는 말없이 일어서서 창문을 열어 주었다.

그러고 보면, 엄마의 변화처럼 민제도 많이 달라졌다. 지난해까지만 해도 민제는 자기가 형이라면 동제의 다리라도 하나 부러뜨리고 싶었다. 아니, 동생이지만 그럴 힘만 있다면 가만히 두고 싶지 않았다.

인간이라면, 아니 적어도 엄마 아빠를 조금이라도 생각한다면 그렇게 할 수는 없다는 생각이었다. 제대로 이유도 대지 않았다. 형은 '그냥 싫다'는 한마디로 온 집안을 쑥대밭으로 만들고 말았다.

민제가 중3 여름방학을 앞두고 있었으니까 2년이 조금 더 흘렀다. 형과 민제는 두 살 차이지만, 형 동제는 생일이 2월이라 일곱 살에 학교를 들어가서 학년은 3년 차이가 난다.

기말고사가 끝난 6월 하순 토요일, 이른 더위가 기승을 부리는 날이었다. 저녁을 먹은 후, 며칠 전 새로 들여놓은 에어컨을 틀고 엄마와 아빠, 민제, 그렇게 셋이 둘러앉아 수박을 먹고 있었다.

형 동제는 없었다. 형은 시험이 다음 주 월요일까지 이어져서 오후부터 독서실에 가 있었다. 아니, 엄마와 아빠 그리고 민제는 그렇게 알고 있었다. 고3인 데다 시험 때라 저녁은 독서실 앞에서 해결하는 걸로 알고 있었다. 형은 고등학교에 들어간 뒤 시험 때만 되면 항상 독서실에서 살다시피 했으니 당연한 추측이라고 할 수 있었다.

물론 엄마는 형 몫의 수박을 냉장고에 따로 두었다. 다른 식구들이야 잘라서 손에 들고 먹지만, 형이 오는 시간쯤 되면 엄마는 틀림없이 숟가락으로 떠먹기만 하면 되게 꿀을 넣은 수박 화채를 만들 터였다. 그리고 엄마의 그런 행동에 엄마 자신은 물론, 아빠와 민제도 전혀 이의가 없었다. 형은 그런 대접을 받을 만한 자격이 충분히 있었다, 그 날까지는.

한참 씨를 푸푸 뱉어 가며 수박을 먹고 있는데, 갑자기 현관 문이 열리고 형이 들어왔다. 독서실에서 한창 시험 공부에 몰두하고 있어야 할 사람이 느닷없이 나타난 것이다. 가족들은 모두 놀란 눈으로 형을 쳐다보았다. 참고서나 문제집 같은 공부할 자료를 빼먹고 독서실에 갈 형이 아니었다.

그런데 거실로 들어서는 형의 모양이 이상했다. 그 동안 독서실에 있었던 것이 아닌 것 같았다. 한눈에 보기에도 얼굴은 땀과 먼지에 절어 있어서, 오랜 시간 어딘가 헤매고 다닌 표시가 났다.

"동제야!"

엄마가 엉거주춤 일어서며 놀란 목소리로 불렀다.

"웬일이냐?"

심상치 않은 기색을 느꼈는지, 소파에서 엉덩이를 들어 올리는 아빠의 목소리도 조금 높아졌다.

형은 대답 없이 걸어와서 소파 앞에 섰다. 더러운 것은 얼굴뿐만이 아니었다. 감색 교복 바짓가랑이에도 부옇게 먼지가 앉아 있었다.

"도, 독서실에 있지, 않았니?"

의외의 상황에 부딪친 엄마의 목소리가 파르르 떨렸다.

형은 눈을 똑바로 뜨고 엄마를 바라보았다. 얼굴이 평소보다 하얗게 굳어서 낯설게 느껴졌다.

"저 대학 가기 싫어요! 안 가겠어요!"

보통 때와 달리 존칭어를 써서 민제는 어색한 느낌을 받았지만, 그 느낌은 순식간에 날아갔다. 말의 내용이 준 충격 때문이었다. 농담이라는 느낌은 전혀 없었다. 형이 느닷없이 그런 농담을 할 리가 없었다.

'저게 무슨 말이야? 대학에 가지 않겠다니? 형이?'

엄마 아빠도 눈을 휘둥그렇게 뜨고 입을 벌렸다. 엄마는 우뚝 서고 아빠는 엉거주춤 서 있는 상태였다. 민제는 소파에 앉아서 형을 쳐다보고 있었다.

모두들 그 자세로 굳어 버린 것 같았다. 특수 폭탄이 거실 한가운데 떨어져 버린 것 같기도 했다. 폭발음이 없는 대신, 강력하게 공기를 흡입하여 한순간에 주위를 마비시켜 버리는.

잠시 뒤, 긴 호흡을 내뱉은 엄마가 먼저 정신을 수습한 것 같았다. 심하게 떨리는 목소리가 끊어져 나왔다.

"동, 제, 야……?"

할 말을 잃은 듯 다음 말을 잇지 못했다.

아빠가 좀 침착해진 목소리로 입을 열었다.

"음, 시험으로, 거, 너무 스트레스를 받은 모양이구나. 오늘은, 하여간, 푹 쉬어라. 시험이란 것이, 뭐, 좀 잘 못 볼 때도 있는 거지."

엄마도 일단 형을 달래야 한다고 판단한 것 같았다.

"그래. 그럴 만도 하지. 말이 1, 2등이지 그게 어디 만만한 일이니. 일단 좀 쉬어. 청심환 줄까?"

엄마는 안방으로 달려갈 기세였다.

형의 목소리가 높아졌다. 그 목소리는 마치 햇볕에 잘 말린 단단한 목재처럼 단호했다.

"저 대학 안 가겠다고요! 오늘 마지막 시간은 시험지 백지로 냈어요!"

앞서의 것이 소리가 없어서 정말 폭발을 한 것인지 아닌지 모호했다면, 이번에야말로 진짜 폭탄이었다. 강력한 폭발음이 거실을 휩쓰는 것 같았다.

잠시 동안 누구도 입을 열지 않았다.

함부로 그런 말을 할 형이 아니었다. 또 한번 한 말을 쉽사리 거둬들일 형도 아니었다. 형은 유치원 때부터 목이 쉬도록 울어서라도 고집의 끝을 보았다고 했다. 중학교 때 전교 1등을 놓치지 않은 것도, 고등학교에 올라와서 옆 중학교에서 온 공부 귀신 같은 놈과 만나 1, 2등을 다투는 것도 그런 고집 때문일 것이었다.

그건 누구보다도 엄마 아빠, 특히 형에게 목을 매는 엄마가 잘 알고 있을 터였다.

엄마는 묵직한 물체에 느닷없이 등을 얻어맞은 듯, 털썩 소파에 주저앉았다.

"대학을 안 가……? 백지를 냈어……?"

넋이 나간 듯 허공을 보며 중얼거렸다.

아빠는 아직도 어떻게든 이 사태를 수습할 수 있다고 생각하는 것 같았다.

"너, 의대가 적성에 안 맞을 것 같아 그런 거 아니냐? 그럼, 뭐, 네가 원하는 대학을 선택해라. 한 과목 시험이야, 뭐, 수능 잘 보면 되지."

형이 미동도 없이 서서, 여전히 단호한 목소리로 말했다.

"그런 게 아니에요. 전 대학을 가고 싶은 생각이 없어요. 가지 않겠다고 말씀드리는 거예요."

비로소 아빠도 사태를 파악한 것 같았다.

"이유가 뭐야? 이유를 들어 보자."

"가기 싫어서요! 공부가 싫고, 시험도 보기 싫고요!"

"뭐야 이놈아!"

아빠가 형의 뺨을 후려갈겼다. 철썩! 철썩!

그 소리가 신호이기라도 하듯이, 엄마가 아악! 아악! 연달아 비명을 내질렀다. 엄마의 비명 소리가 허공을 날카롭게 찢었다.

"뭐야 이놈아! 너 뭐라고 했니? 대학을 안 가?"

엄마가 줄줄 눈물을 흘리기 시작했다.

"이놈아! 대학을 안 가? 가기가 싫어? 니가 지금 나한테 이럴 수 있어? 이 나쁜 자식아! 이 엄마가 어떻게 사는지, 네 아빠가 무얼 믿고 사는지 알면서 이래! 하루 종일 시장 바닥에서 굴러먹은 온갖 냄새나는 돈 세고 또 세면서도, 네놈 생각하며 희망이 있다 하며 살았어. 돈 만 원 한 장이라도 틀리면 두 시간이고 세 시간이고 눈이 빠지게 숫자 맞추면서도, 네놈 공부하는 것 보고 버텼다고! 그런데 공부하기가 싫다고? 대학을 안 가겠다고? 이놈아, 지금 네가 무슨 말을 하고 있는지 알아? 네놈이 어떻게 우리한테 이럴 수 있어? 응? 어떻게 나한테 이럴 수 있냐고!"

눈물을 철철 흘리던 엄마는, 날카로운 송곳 같은 것으로 심장을 찔린 듯 다시 비명을 내질렀다.

"아아악! 아악!"

민제는 그 날의 기억이 아직도 선명하게 떠오른다.

고통스럽게 일그러진 채 눈물, 콧물로 뒤범벅된 엄마의 얼굴. 벌겋게 속살을 드러낸 채 널브러진 쟁반 위의 수박 조각들. 엄마가 입은 은회색 티셔츠의 가슴에 대문자로 크게 씌어진 'I=YOU'라는 영문 글자도 선명하게 떠오른다. 그 글자 아래 옆구리 쪽으로 오백 원 짜리 동전 크기의 김치 국물 자국도 또렷하다. 그 티셔츠는 형의 것이었다.

그 날 엄마의 울음이 마침내 제풀에 잦아들 때까지 꼼짝도 않고 서 있던 형이 마지막 한 말은, 엉뚱하게도 그 티셔츠에 관한 것이었다.

"제 티셔츠 입지 마세요."

평소 성격대로 형은 자신의 폭탄 선언을 충실하게 실천해 나갔다. 2학기 동안 겨우 때워서 졸업은 했지만, 공부는 전혀 하지 않았고, 주유소와 편의점 등에서 아르바이트를 하며 돈을 벌었다. 집에 들어오지 않는 날도 많았고, 식구들과 마주치지 않는 시간에 출입해서 얼굴을 마주하기도 힘들었다. 대학 입시에는 응시조차 하지 않았다.

졸업 후에도 일년 가까이 그렇게 보내더니, 무슨 이유에서인지 올해 지방에 있는 전문대학에 입학했다.

민제는 작년까지 형 동제에 대한 증오심을 감추기가 어려웠다. 형이 학교가 있는 지방으로 내려가면서 어느 정도 누그러들긴 했지만, 아직도 얼굴을 마주하면 불편했다.

"어때, 살 만하냐?"

"……."

담뱃불을 눌러 끈 형이 물었다.

"그런데, 무슨 문제 생겼냐? 영 모범생 이민제의 얼굴이 아닌데. 왜 무슨 일 있는 거야?"

형이 민제의 표정을 살피며 새 담배에 불을 붙였다.

민제는 책상으로 돌아앉으며 말했다.

"내 방에 담배 냄새 배는 거 싫거든. 자기 방에 가서 좀 피울 수 없어?"

형이 일어섰다.

"알았다. 뭐 억지로 네 말 듣자고 조를 생각 없다. 말이란 때가 되면 자연스럽게 나오니까."

형은 나가서 문을 닫았다.

서로 마음을 열어 놓고 말을 편하게 할 수 있다면 형에게 이
야기할 수 있었을지 모른다.

우리 학교의 한 아이가 자살을 했다고.

그 아이는 1학년 때 같은 반 아이였다고.

그 애가 죽기 전에 나한테 전화를 걸어왔다고.

왜 그랬는지, 왜 그런 말을 했는지 알 수가 없다고.

그런데 그 아이의 자살에 대해 내가 글을 써야 한다고.

*

영어 문제집을 편 지 한 시간이 넘었는데 페이지가 넘어가
지 않았다. 민제는 책상에서 일어났다.

세로로 길게 걸린 벽 거울에 오른쪽 옆 머리칼이 쭈뼛쭈뼛
일어서 있는 사내아이가 들어왔다. 민제는 그 사내아이를 물
끄러미 바라보았다.

얼마나 시간이 흘렀을까. 그 사내아이가 입을 벌리지도 않
고 말했다.

'그 날 찬오는 실수로 네게 전화를 건 것이 아니었어.'

'……'

'영우랑 1학년 8반 아이들에게 전화하고 찾아갔다고 했으니
말이야. 너한테도 마찬가지지.'

'그래, 알고 있어. 그런데, 왜 미안하다고 했을까?'

찬오는 꺼져 가는 촛불처럼 희미한 목소리로, 한 음절 한 음절 끊어서 말했다. 마치 위태로운 징검다리처럼.

"미, 안, 해. 미, 안, 해, 민, 제, 야……."

'정말 모르겠어?'

'모르겠어…….'

민제는 고개를 흔들었다.

거울의 사내아이도 따라서 고개를 흔들었다.

'왜? 왜, 찬오가 미안하다고 했을까……?'

검은 마스크

영우는 오전에 시간을 맞춰 공원에 나갔다. 어제 민제네 아파트 단지 앞에서 헤어지면서 했던 약속을 지킨 셈이다. 미리 와서 기다리고 있던 민제와 자전거로 다섯 바퀴를 돌았다. 다 돌고 음료 자판기에서 깡통 음료를 하나씩 뽑아 작은 느티나무 밑 벤치에 앉았다.

"어때?"

영우는 음료를 한 모금 마시고 물었다.

"뭘?"

민제가 깡통 뚜껑을 따다가 고개를 돌려 영우를 보았다.

"어제 이야기했잖아. 순서 바꾸는 것 말이야. 괜찮겠어?"

민제는 뚜껑을 마저 따면서 천천히 고개를 끄덕였다.

"너 그 주에 시골 가야 한다며."

"응, 그렇긴 하지만……."

"괜찮아."

민제가 무슨 속셈으로 영우의 제안을 받아들이는지 알 수 없었다.

고등학교에 와서 가장 가깝게 지내는 친구를 꼽으라면 민제를 꼽아야 한다. 작년 1학기 때는 같은 반이어도 별로 가깝지 않았다. 친해진 것은 지난해 10월에 만들어진 인터넷 신문 준비 모임에 함께 들어가면서부터였다.

작년 2학기가 시작되면서 인터넷 신문에 대한 이야기가 떠돌기 시작했다. 곧 1학년 전체를 대상으로 논술 경시대회가 열렸다. 상위권에 든 학생들 순서로 서용현 선생님이 면접을 보았다. 인터넷 신문의 창간 계획과 활동을 개략적으로 이야기하고 본인의 의사를 물었다. 그런 과정을 거쳐 열다섯 명의 예비 기자를 뽑았다. 이듬해 3월에 창간할 계획이므로 남은 몇 달 동안은 신문 제작을 공부하는 기간이라고 했다.

이 열다섯 명에 영우네 반에서 네 명이 들었다. 전체 열 개 반에서 뽑았으니, 많이 뽑힌 셈이었다. 공고가 난 날부터 아침, 저녁 자율학습 시간에 한 시간씩 경시대회 준비를 했기 때문이었다. 어떤 경쟁이든지 결코 1등을 놓쳐서는 안 된다는 담임의 의지에 따라서였다.

열다섯 명의 예비 기자는 겨울방학까지 서용현 선생님과 창간 준비를 했고, 이 과정에서 일곱 명이 떨어져 나가고 여덟이 남았다. 영우네 반에서 남은 사람은 영우와 민제 둘뿐이었다. 자연스럽게 영우와 민제는 가장 가까운 사이가 되었다.

그러나 영우는 민제의 속마음을 짐작하기 어려울 때가 많았다. 마음속은 분명히 복잡한 생각과 감정이 들끓고 있을 거라고 짐작되는데도, 얼굴은 별 동요가 없었다.

이런 때가 그렇다.

민제도 순서를 바꾸는 것이 무슨 의미인지 잘 알고 있을 것이다. 마지막 차례로 특집 글을 쓴다면, 민제는 상당히 큰 부담을 떠안게 된다.

이번 기획특집의 구성은 먼저 자살에 관한 일반론에서 시작해 다음에 범위를 좁혀 청소년의 자살에 관해 논하기로 했다. 그렇다면 마지막은 찬오의 자살 문제로 초점을 좁히지 않을 수 없다.

마지막 순서가 되어 찬오의 자살에 대해 쓴다는 것은, 곧 지난해인 1학년 8반의 기억으로 돌아가는 일이다. 생각만으로도 가슴이 싸늘해지는 일이 아닐 수 없다.

그런데 민제는 영우 말대로 순서를 바꾸어 마지막 기사를 쓰겠다는 것이다.

'혹시…….'

영우가 바꾸자고 하는 진짜 의도를 민제가 알고 있을지도 모른다는 생각이 들었다. 그러나 그 말은 할 수가 없었다. 자전거를 끌고 공원에 들어설 때만 해도 이야기가 편하게 흘러서 그런 이야기까지 꺼낼 수 있을지도 모른다고 생각했다. 하지만 막상 민제의 얼굴을 대하고 보니 그게 아니었다. 쉽게 말할 수 있는 이야기가 아니라는 생각이 들었다.

민제와 순서를 바꾸자고 제안하기까지의 며칠 동안, 영우는 생각을 하고 또 해 보았다. 결론은, 기획특집 마지막 회는 불가능하다는 것이었다.

승욱이의 첫 회가 나가고, 두 번째까지는 쓸 수 있을 것 같았다. 승욱이의 글은 자살에 대한 추상적인 논의여서 별 문제가 없을 것이다. 아니, 그것마저 학교에서는 문제 삼을 수 있었다. 영우는 지난 편집회의에서 서용현 선생님의 표정을 보고 그걸 짐작할 수 있었다.

학교의 생각이야 뻔한 것이다. 항상 학생들이 '시끄럽지 않고 조용히' 하고, '입시 때까지는 열심히 공부만 해서 좋은 대학에 합격해 졸업'하면 된다고 생각할 테니까. 학교의 그런 의도와 이 사건 사이에 낀 서용현 선생님의 처지가 복잡한 얼굴에 드러나고 있었다.

그래도 2회까지는 가능할 것이다. 좀 더 구체적이기는 하지만, 두 번째 글의 성격도 우리나라 청소년의 자살 문제라는 일반론이다. 그 정도면 실을 수 있을 것이다. 서용현 선생님이 그 정도는 버텨 낼 것이다. 하지만 마지막 회에서 직접 찬오의 자살 문제로 범위가 좁혀들 것이 뻔하게 예상된다면, 그건 서용현 선생님도 방패막이가 될 수 없을 게 뻔했다.

'그렇다면……. 내가 세 번째니까, 적어도 찬오의 죽음에 대한 글은 쓰지 않아도 된다.'

영우는 처음엔 그렇게 판단을 내렸다. 한편으로는 다행이다 싶었다.

사실 기획특집을 제안하기는 했지만 찬오의 죽음에 대해 생각하고 싶지 않은 마음도 있었다. 기자가 되고 보니까, 정말 글이란 거저 쓰이는 것이 아니었다. 생각을 짜내고 파내야 나온다. 그러려면 얼마나 많이 기억하고 또 생각해야 하는가. 1학년 8반에 대해, 담임 강태준에 대해, 찬오에 대해, 그리고 자신들에 대해.

정말 그러고 싶지 않았다. 이미 죽은 녀석은 죽은 녀석이다. 지금 와서 뭘 어떻게 하겠는가. 이 지겨운 고딩 시절의 쓸쓸한 기억 한 조각으로 남을 뿐이다. 다시는 돌아보고 싶지 않은 기억으로.

그러나 그런 자신의 계산이 영우를 괴롭혔다.

마음이라는 공간이 있다면, 마치 그 속에서 정체를 알 수 없는 벌레가 집요하게 헤집고 다니는 것 같았다. 돌아보고 싶지 않지만, 뭔가 억센 손아귀가 목을 움켜쥐고 강제로 고개를 돌리는 것 같기도 했다.

견디기 어려웠다.

영우가 민제에게 순서를 바꾸자고 나선 것은 그 때문이었다. 세 번째는 틀림없이 없을 테니까, 두 번째라도 글을 써야

속이 시원할 것 같았다. 그래야 집요한 벌레를 눌러 죽이고, 억센 손아귀에서 풀려날 수 있을 것 같았다.

그리고 글을 쓰면서, 찬오가 미안하다고 한 이유를 차분하게 정리해 보고 싶었다. 그렇게 하고 나면 정말 이 사건에서 벗어날 수 있을 것 같았다.

남은 일년쯤 잘 견뎌 졸업만 하면, 이 지겹고 숨막히는 고딩 생활을 돌아보지 않고 다시 기억하지 않아도 될 것 같았다.

*

거실의 텔레비전이 꺼졌다. 시계를 보지 않아도 자정이 가까운 시각임을 알 수 있다.

영우는 컴퓨터를 켜서 학교 홈페이지로 들어가 인터넷 신문을 클릭했다. 눈을 감고도 선명하게 떠올릴 수 있는, 분수가 힘차게 솟아오르는 《목소리》의 메인 화면이 열렸다. 지난주 기사를 거의 교체하지 않아서 각 난의 기사는 이미 여러 번 본 것들이었다.

〈학교 뉴스〉의 상단 기사를 클릭했다. 지난 수요일에 1학년들이 올린 찬오의 죽음에 대한 기사였다. 기사 아래 달린 독자 의견은 달랑 세 개였다.

'급우의 안타까운 죽음을 애도하며 삼가 명복을 빕니다.'

맨 위의 덧글은 찬오네 반 반장이 학급을 대표하여 올린 글이었다. 반장의 글이라기보다는 어투로 봐서 담임의 글이었다.

그 아래에 두 개 더 달려 있었다. 이름이 낯선 1학년 아이들이 쓴 것이었고, 조의를 표현한다는 의례적인 문구였다. 아이들의 속마음을 읽을 수 있는 글은 없었다. 실명을 밝혀야 글을 올릴 수 있으니까 부담이 클 수밖에 없을 것이다.

지난해 1학년 8반이었던 아이들은 모두 침묵을 지키고 있었다.

사실 찬오의 죽음은 철저히 무시되고 있었다. 아이들이 담임이나 다른 교사들, 학교의 의도를 눈치 빠르게 파악한 것 같았다. 아이들은 선생들의 눈치를 살피는 데에 도가 텄으니까. 이런 민감한 때에 괜히 나서는 것이야말로 확실하게 찍히는 행위라고 판단했을 것이다.

그럴 것이다. 학교나 교사들 모두, 아무 소리도 없이, 아무 말도 없이, 그저 조용히 넘어가고 싶어 한다. 그건 바보가 아니라면 누구나 알 수 있다. 이런 분위기에서는 아이들 누구도 찬오의 자살에 대해 이야기하지 않으려 할 것이다. 학교가 원하지 않는 일에 나서는 것이 자신에게 어떤 결과를 불러올지 너무나 잘 알고 있을 테니까.

'서용현 선생님은?'

아마 다르게 생각하실 것이다. 평소 선생님은 상식과 윤리를 벗어나는 차원이 아니라면, 말은 해야만 하고 들어야만 한다고 주장했다. 어떤 억압도 없이, 활발하게 말이 교환되는 사회야말로 민주주의 사회라고. 그래서 아무리 비싼 비용을 치르고라도 언론의 자유는 지켜져야 한다고. 그러니까 선생님은 분위기가 어떻든 다르게 생각하고 행동할 것이다.

거기까지 생각하던 영우는 고개를 저었다.

'아니, 잘 모르겠다.'

영우도 대강은 짐작할 수 있다. 어른들은 영우 또래를 아직도 애 취급하지만, 영우 나이쯤 되면 알 만한 것은 다 알고 있다. 세상은 그렇게 단순하지 않고, 어른들이란 쉽게 판단할 수 있는 존재가 아니다.

'그래도……'

영우는 고개를 강하게 저었다. 서용현 선생님을 그런 식으로 생각하고 싶지 않았다.

《목소리》는 서용현 선생님의 의지와 노력이 없었다면 당연히 존재하지 않았을 것이다. 그리고 네 벽으로 꽉 막힌 이 학교 공간에 단 하나, 영우에게는 하늘로 뚫린 창과 같은 편집실도 물론 존재하지 않았을 것이다.

영우는 학교 홈페이지를 닫고, 자신의 블로그로 들어갔다. 아이디 '검은 마스크'가 남긴 쪽지가 있었다.

어쩌, 요즘 바쁜 모양이네? 방문이 뜸한 걸 보니 말이야. 아, 대한민국의 불쌍한 인문계 고딩들! 자신이 인간임을 망각하고 시험 점수에 목을 매달고 사는 한심한 존재들. 이놈이 저놈이고 저놈이 이놈인 좀비들! 보여 주고 싶은 사진 몇 장 올려놨어. 들어와 봐.

냉소적인 어조는 여전했다. 영우는 피식 웃고 검은 마스크의 블로그로 들어갔다. 여전히 강렬한 느낌을 주는 사진들이 새로 올라와 있었다. 어둠 속으로 질주해 들어가는 각종의 자동차들. 붉은 후미등 불빛이 피를 흘리듯 어둠 속에 풀어지고 있다. 깊은 밤에서 새벽까지 주유소 아르바이트를 하면서 찍은 것들이라는데, 수준이 장난이 아닌 것 같다.

영우가 검은 마스크에 대해 아는 것이라고는 간단한 정보 수준이다.

어디 동해안 소읍의 종합고등학교에 다닌다는 것, 검은 가죽 점퍼와 가죽 장갑, 검은 가죽 마스크 차림이라는 것, 심야에서 새벽까지 주유소 아르바이트를 하면서 마니아처럼 어둠 속으로 사라지는 자동차를 찍는다는 것, 공부와는 완전히 담을 쌓고 산다는 것, 중고지만 250cc 오토바이를 타고 다닌다는 것, 돈을 모아 전 세계를 오토바이로 달릴 꿈을 갖고 현재 준비 중이라는 것 정도다. 이름은 물론이고, 여학생인지 남학생인지도 정확히 알 수 없다.

검은 마스크가 '방안의 이리'라는 아이디의 영우에 대해 아는 것도 그 비슷한 수준일 것이다.

수도권 인문계 고등학교 2학년이라는 것, 그저 공부만 해야 하는 분위기에 진저리를 내면서도 어떻게든 개겨서 졸업을 하

고 대학을 가려고 버틴다는 것, 다만 인터넷 학교신문이 생겨
서 겨우 숨통을 트고 살고 있다는 것, 죽은 누나와 외국으로 나
간 형이 있고, 침묵 속에서 텔레비전만 쳐다보며 살고 있는 부
모가 있다는 것.

영우는 사진 밑에 덧글을 한 문장 썼다.

그저 네가 부럽다!

8

《목소리》 편집 규정

"서 선생님 첫 교시 없지요?"

교감이 옆 책상의 비어 있는 물리 선생의 의자에 앉았다. 갈라진 입술의 보푸라기가 더 심해진 것 같았다.

"예."

서용현 교사는 앉은 채 몸을 약간 교감 쪽으로 틀었다.

교감이 손에 든 복사지를 앞으로 내밀었다.

"이거 서 선생님이 지도는 한 겁니까?"

어젯밤에 올린, 승욱이가 쓴 기획특집 기사였다. 그는 고개를 끄덕이며 대답했다.

"예. 최종적으로 어제 편집회의에서 검토한 기사입니다."

교감의 목소리가 약간 높아졌다.

"거, 애들 모여서 떠드는 편집회의 말고, 서 선생님이 제대로 지도를 하고 있느냐 묻는 겁니다."

대각선으로 앉은 1학년 수학 담당 차 선생이 고개를 들어 그를 보았다. 그는 차 선생의 시선을 비끼며 대답했다.

"예, 편집회의에는 제가 항상 참여합니다."

교감이 답답하다는 듯 이마를 문지르고 눈을 심하게 깜빡거렸다.

"서 선생님, 잠깐 자리를 옮겨서 이야기합시다."

상담실로 가서 의자에 앉기도 전에 교감은 복사된 기사를 탁자 위에 내던졌다.

"지난 수요일이던가, 사건 학교 뉴스에 올렸으면 됐잖아요. 유족 측도 잠잠하고, 조용히 마무리될 일을 이렇게 들춰내서 어쩌자는 거예요? 이런 민감한 시기에 이런 쓸데없는 소리가 왜 나오게 하느냐 말입니다."

교감은 '이런 쓸데없는 소리'란 말에서 검지와 중지를 모아 탁자 위의 기사를 탁, 탁, 탁, 탁, 두드렸다. 그는 울컥 반감이 치밀어 오르는 것을 느꼈다. 승욱이의 글이 그렇게 취급받으니까 마치 자신이 모욕을 당하는 것 같았다.

그는 감정을 지긋이 누르고 말했다.

"이번 기획특집은 편집회의에서 충분히 논의하고 결정한 것입니다. 물론 저도 그 논의에 참가했고요. 친구가 그런 불행한 죽음을 맞았는데 아무 일도 없었다는 듯이 지나가는 것이 오히려 이상하지 않겠습니까? 그럴 때 이상한 방향으로 소문만

무성해질 수도 있고요. 우리는 다행히 공식적인 매체가 있으니까 여기서 친구의 죽음을 애도할 수 있다고 봅니다. 이렇게 애도를 할 수 있다는 것이 교육적으로도 아주 긍정적일 거고요."

교감의 반응을 어느 정도 예상하고 있었기에 준비했던 말이 어렵지 않게 나왔다. 교감이 답답하다는 듯 고개를 흔들더니, 불쑥 손을 내밀었다.

"서 선생님 담배 있지요? 한 대 빌립시다."

"아, 예."

그는 담뱃갑과 라이터를 호주머니에서 꺼내 교감에게 내밀었다. 한 개비를 빼 물고 불을 붙인 교감이 연기를 내뿜은 뒤 말했다.

"서 선생님도 피우세요. 요즘은 애들도 맞담배질인데 뭐. 후우, 내가 이래서 담배를 못 끊는다니까."

그는 창 아래 커피포트가 놓인 작은 책상에 있는 종이컵에 물을 조금 따라서 재떨이를 만들어 가져왔다.

"자요."

그는 교감이 쑥 내미는 담뱃갑과 라이터를 받아서 담배를 꺼내 불을 붙였다. 교감이 갑자기 생각났다는 듯 말했다.

"참, 거, 편집실에서 애들 담배 좀 못 피우게 지도하세요. 문은 잠겼는데 복도 창문 틈으로 연기가 모락모락 나온다 합디다. 무슨 오소리 굴도 아니고. 그거 엄연한 벌칙 대상입니다.

단속을 하기는 해야겠는데 착실히 공부하는 아이들 분위기 깰 것 같기도 하고……."

"아, 예."

단속 운운하는 교감의 말은 전혀 현실성이 없지만, 그런 말에 이의를 달고 나설 수는 없었다.

성급하게 담배를 몇 번 빤 교감은 꽁초를 종이컵에 넣었다. '피식' 불이 꺼지는 소리가 들렸다.

"서 선생님, 내가 조심, 조심하자는 뜻을 모르겠어요?"

그도 담배를 종이컵에 넣어 껐다.

"너무 걱정하실 필요는 없다고 생각합니다. 박승욱 기자가 쓴 이 칼럼을 보더라도 적절하게 균형을 잡은 글이고요."

그는 몇 번이나 승욱이가 쓴 기획특집을 읽어 보았다. 평소의 느낌대로 냉정할 정도로 침착한 느낌을 주는 글이었다.

교감이 답답하다는 얼굴로 그의 앞에 놓인 담뱃갑을 집었다. 다시 담배에 불을 붙인 후, 탁자 위의 복사지를 손가락으로 짚었다.

"자, 여기 보세요."

교감이 짚은 부분은 특집의 맨 밑, 예고 부분이었다.

'청소년 자살 문제에 대해서는 연속 기획특집 2회에서 다루게 될 것이다.'

"이걸로 끝나면, 그래 별 문제가 없을 수 있어요. 좀 분위기가 흐트러지겠지만, 큰 영향은 없을 수 있단 말입니다. 하지만 다음이 문제예요. 일주일 단위로 이런 글이 실린다는 것을 생각해 보세요. 또 글이라는 것이 아주 미묘한 거 아닙니까. 서 선생님이 더 잘 알 거 아니에요. '아' 다르고 '어' 다른 거잖아요. 까딱 잘못해서 학교 분위기가 어디로 흘러갈지 누가 장담합니까. 보이지 않는 분위기가 우리 아이들 사기를 확 떨어뜨릴 수도 있어요. 이게 서 선생님 눈에는 공연한 걱정으로 보입니까? 조용히 끝나는 일을 왜 들쑤시느냔 말입니다!"

빠른 목소리로 언성을 높여 가던 교감이 갑자기 말을 뚝, 끊었다. 그리고 그의 얼굴을 빤히 바라보더니 불쑥 물었다.

"서 선생님 오늘이 며칠인지 아십니까?"

"예?"

교감은 출입문 옆의 벽 쪽으로 고개를 돌렸다. 그는 반사적으로 교감의 시선을 쫓아갔다. 교감의 시선이 가서 꽂힌 곳은 벽걸이 달력이었다.

"오늘이 10월 23일입니다. 수능이 11월 15일입니다. 디데이가 21일, 3주밖에 남지 않았단 말입니다. 지금이 어떤 때인지 더 설명이 필요합니까? 문제 하나가 우리 아이들 인생을 결정하는 때 아닙니까! 우리 아이들 오백 명 인생이 걸려 있는 때란 말입니다!"

그는 대답을 하지 않았다. 서늘한 가을바람이 불기 시작하면 인문계 고등학교에서는 수능, 디데이 며칠, 이런 말들에 엄숙할 정도로 비장한 느낌이 실리게 된다. 물론 이런 느낌은 날

짜가 하루하루 다가올수록 강도가 더해진다.

이런 말들에 이의를 제기했다가는 무슨 봉변을 당할지 모른다. 가장 먼저 듣게 될 말이 '당신이 애들 인생 책임질 수 있느냐?'와 비슷한 말이 될 것이다. 누가 누구의 인생을 책임질 수 있겠는가. 윽박지르듯 묻는 그 말은 대답이 불가능한 질문이므로 일종의 폭력이다. 그러나 그런 무지막지한 질문을 가능하게 하는 것이 이맘때 인문계 고등학교 분위기이다.

교감은 그의 침묵을 자신의 말에 대한 동조로 해석한 것 같았다. 언성이 한 단계 낮아지면서 은근해졌다.

"서 선생님 말입니다, 젊다는 것은 힘이 있고 추진력이 있어 좋은 거지만, 때로는 위험하기도 한 겁니다. 우리 나이쯤 되면 그게 보입니다. 우리끼리 이야기지만, 이번 사건 아주 골치 아플 수도 있었어요. 왕따다, 교내 폭력이다, 그렇게 걸고 나오면 좀 시끄럽습니까? 천만다행으로 그 학생 부모님이 아주 점잖은 양반들이더라고요. 오히려 학교에 부담을 줬다고 생각합니다. 아무 문제 없이 끝나 얼마나 다행입니까. 다행이고말고요. 아무튼."

잠시 말을 멈추고 숨을 들이쉰 교감은 정색을 하면서 단호한 목소리가 되었다.

"이렇게 나온 것은 주워 담을 수 없으니 할 수 없고. 더 이상은 안 됩니다. 절대 안 됩니다, 서 선생님!"

그는 그저 침묵을 지키고 있을 수 없었다. 기획특집 건은 이미 자신도 참여한 편집회의에서 결정된 사안이다. 교감의 막무가내인 독단을 그냥 듣고 있는 것 자체가 지도교사로서 무책임한 행동이라는 생각이 들었다.

"교감 선생님. 편집회의에서 기획특집은 3회로 하기로 결정했습니다. 예고도 나갔고요."

교감의 언성이 확 높아졌다.

"편집회의건 뭐건, 학교 방침이 있는 거고 학생들은 교사의 지도를 받는 거지, 그게 무슨 문제란 말입니까? 그리고 3회는 왜 3회요?"

그는 같은 어조로 대답했다.

"그건…… 그 정도 다루면 될 것으로 봤습니다. 마침 지금 활동하는 1기 기자가 세 명이라서 한 회씩 맡기로 결정했고요. 이런 특집은 1기 기자들이 맡아야 하니까요."

"그러니까 2학년은 겨우 세 명이란 말이지요. 교육 정보화 콘텐츠네 뭐네 거창하게 시작했는데, 뭐 기대할 만한 학습 효과도 없구먼."

교감이 이마를 찌푸리며 쯧쯧 혀를 찼다. 말이 엉뚱하게 번진 셈이었다.

교감이 '교육 정보화 콘텐츠'를 들먹이며 '기대할 만한 학습 효과'가 없다고 불평하는 것은, 인터넷 신문에 대한 학교 측의 입장을 잘 대변하는 말이었다. 그리고 이것은 그에게도 책임이 없는 것은 아니다.

그가 인터넷 학교신문을 창간하겠다고 결심한 것은 작년 봄이었다.

한 달여 이것저것 조사를 하고 준비를 해서 기획안을 만들었는데, 교장실에 올라가기도 전에 완강한 반대에 부딪혔다. 어느 정도 소요되는 예산도 예산이지만, 문제는 선배 교사들이 신문의 필요성을 거의 느끼지 않는다는 것이었다. 몇 번이고 설득을 시도했지만 교감 이하 각 부장 교사들 모두 고개를 저었다. 그의 열의에 떠밀리다 못해 교감이 교장에게 기획안을 올려 봤는데, 교장 역시 고개를 저었다고 했다.

그는 생각 같아서는 자신의 봉급을 털어서라도 만들어 버리고 싶었다. 그러나 그럴 수는 없었다. 학교신문은 홈페이지에 자리를 차지해서 학교의 공적 기구가 되어야 한다. 교사 개인이 만들어서는 그런 자격을 가질 수가 없었다.

고민을 거듭하던 끝에 그는 아이디어를 떠올렸다. 원래 그가 인터넷 신문 창간으로 기대되는 효과로 든 것은, '활발한 의사 소통과 민주주의 학습', '건강하고 풍요로운 교내 문화 조성', '언어 훈련을 통한 자기 표현의 계발' 등이었다.

그는 그런 효과 외에 '대입 논술 대비'를 기대 효과로 꼽았다. 학년별로 상당한 수의 기자를 뽑아 기사와 사설 등의 글쓰기를 훈련시킨다는 점을 기획안의 주요 아이템으로 채택한 것이다. 일반 학생들이 참여하는 코너도 만들어서 거기에 올린 글을 첨삭 지도해 준다는 계획도 덧붙였다.

효과는 즉각 나타나 학교 측의 태도가 긍정적으로 바뀌었다. 생각하기에 따라서는 교내 인터넷 신문이 일류대 대비 논술 훈련 센터 정도로 인식될 수 있었다. 그가 처음 생각한 의도와는 거리가 멀었지만 어쩔 수 없었다. 학교 측의 반대를 극복하기 위해서 그 정도는 접고 들어가야 할 것 같았다.

마침 여름방학이 시작할 때쯤 교육부에서 공문이 내려왔다. '교육 정보화 콘텐츠 구축 사업'이라는 긴 이름에 소요되는 경비를 각급 학교에 지원한다는 내용이었다. 경비 문제가 자연스럽게 해결되어 2학기부터 창간 준비에 들어갈 수 있었다.

인터넷 학교신문을 창간한다는 것이 단순히 콘텐츠의 문제가 아니라는 것을 그는 잘 알고 있었다. 문제는 그것을 운용할 수 있는 훈련된 능력일 것이었다. 그는 다음 해 창간을 목표로 한 학기를 창간 준비 기간으로 잡았다.

작년 9월 말에 교내 논술 경시대회를 통해 뽑은 1학년 열다섯 명은 일년 동안 셋으로 줄었다. 올해 3월에 뽑은 열다섯 명은 한 학기를 지나면서 아홉이 남았다.

대입 준비에 별로 도움이 되지 않는다는 판단 때문이었을 것이다. 무엇보다 입시를 위주로 하는 인문계의 특성상 피하기 어려운 상황이었다. 예상과 달리 입시 준비에 큰 도움이 안되거나 외려 방해가 된다고 본인이나 학부모가 판단할 때, 기자들의 이탈을 막을 수 있는 방도는 없었다.

그러니까 지금 교감은 감소된 기자의 수를 지적한 것이었

다. 그는 나름대로 활성화되어 있는 〈우리들 마당〉을 떠올렸으
나 입을 열지 않았다. 그것이 중요한 문제는 아니라는 생각이
었다.

교감이 일어서며 말했다.

"내가 바빠 지금 여기서 이러고 있을 틈이 없는데……. 하
여간 이 문제는 더 이상 이야기하지 않기로 합시다. 서 선생님,
여기서 끝내는 겁니다."

그도 따라 일어섰다.

"교감 선생님, 편집권에 대해 여러 차례 말씀드린……."

교감이 획 손을 내저어 말을 끊으며 버럭 언성을 높였다.

"서 선생님 도대체 왜 이러십니까? 교감인 내가 안 된다고
하잖아요! 다시 말합니다. 선생님이 책임지고 지도하세요!"

교감은 상담실 문을 꽝 닫고 나가 버렸다.

그는 자리에 주저앉았다.

교감도 잘 알고 있을 것이다. 지난 3월 창간 후에 교무 회의
석상에서, 또 회식 자리에서도 그는 지도교사의 자격으로 편
집권에 대해 강조했다. 갓 출범한 신문의 활성화를 위해서는
무엇보다 중요한 것이 편집의 자유이니, 비록 학생 기자들이
지만 편집권을 존중하겠다고. 외부의 압력에 의해 함부로 편
집권이 훼손되는 것은 있을 수 없는 일이라고.

물론 그 편집의 자유가 무제한인 것은 아니다. 일반 언론도
그렇지만, 아무래도 지도교사의 감독을 받는 학생들이 만드는

신문이라는 조건을 무시할 수는 없으니까. 그래서 그는 지도교사가 편집권에 간여하는 두 가지 경우를 학생 기자들과 합의하여 원칙으로 정하였다.

하나는 논의 과정에서이다. 논의가 효율적으로 이뤄지지 않을 때나 기사의 아이템이 적절하지 않을 때, 그는 조언을 한다. 이런 경우에는 지도라기보다는 함께 토의를 한다는 태도로 개입하는 것이다.

두 번째로, 교사로서 학생 기자들의 의도와 방향이 상식과 윤리에 어긋난다고 판단되는 경우이다. 이 때 지도교사는 논의를 제한하고 기사 작성을 규제할 수 있다. 문제는 그 상식과 윤리에 대한 기준이나 판단이 교사와 학생이 다를 경우이다. 논의를 통하여 합의점을 찾아야 하는데, 그렇게 해결이 안 되면 교사의 판단이 최종적으로 작용한다.

그러나 그가 편집회의에서 두 번째의 권한을 행사한 적은 아직 없다.

교감이 요구한 것은 어디에도 없는 권한이다. 만약 그가 두 번째의 권한을 사용하려고 했다면, 지난주 월요일 편집회의에서 이야기해야 했다. 이미 편집회의에서 결정된 사안이다. 이제 와서 지도교사라고 마음대로 뒤집는 것은 있을 수 없는 일이다.

*

첫 시간이 끝나는 종이 울렸다. 그가 담당하는 1학년 국어 수업은 3교시에 있다.

그는 상담실을 나왔다. 담배를 피우러 들어올 교사들을 피하기 위해서였다. 조용한 공간에서 혼자 좀 생각을 하고 싶었다.

그는 계단을 올라가 3층의 편집실로 들어갔다. 창틈으로 들어온 햇살이 타원형 테이블의 귀퉁이를 예리한 칼처럼 긋고 지나가고 있었다.

그는 창 쪽으로 의자를 끌어당겨 앉아 담배에 불을 붙였다.

문제는 이 사건이 갖고 있는 성격에 있었다. 교감의 말이 아니더라도, 그 자신도 이 사건의 민감성을 잘 알고 있었다. 아무리 뉴스로야 가끔 접한다 해도, 자신들의 학교에서 학생이 자살한다는 것은 상상하기 힘든 사건이니까. 그리고 지금은 학교 전체가 팽팽하게 긴장된 초비상 상태라는 것도 말이다.

'하지만…….'

교감의 걱정은 일종의 기우에 불과하다는 것이 그의 생각이었다. 교감의 말이 교장이나 대다수 교사들의 염려를 대표하는 것이라 하더라도 말이다. 불행하게 죽은 학우를 추모하는 글들이 학교 분위기를 깨고, 수능에 영향을 미칠 거라는 생각은 지나친 걱정이라는 것이 그의 판단이었다.

굳이 따진다면, 학교 분위기에 어느 정도 영향을 줄 수 있을 지도 모른다. 그렇다고 해서 지레짐작으로 막고 나서는 것은 옳지 않다는 생각이었다. 학생 기자들은 전체 학생의 대표성을 가지고 있다. 그들이 글을 쓸 자유를 막는다는 것은 학생들의 입을 막는 것과 다를 바 없다. 그것은 무엇보다도 《목소리》의 편집 규정에 어긋나는 행위였다.

그는 지난 겨울방학 1기 기자 여덟 명과 대천 해수욕장으로 2박 3일 다녀온 수련회를 떠올렸다. 마지막 날 밤, 텅 빈 해수욕장에서 그들은 겨울 바다의 날카로운 바람을 온몸으로 맞으며 목이 터져라 '목소리 편집 규정'을 합창했다.

"1조. 학생 기자의 취재와 기사 작성의 자유는 기본적으로 명백히 보장되어야 한다!"

기획특집은 한 학우의 불행한 죽음을 추모하고 그 의미를 되새겨 보는 글이다. 이런 기사를 취재하고 작성하는 것은 기자의 당연한 권리이고 의무라 할 수 있다. 그런 기사를 막는 것이야말로 편집 규정에 정면으로 위배되는 일이었다.

그는 반투명의 유리창 밖을 바라보며 다짐했다.

'교감의 일방적인 지시를 따를 수는 없다.'

오늘을 견뎌 내고 있을 뿐

모니터 화면 상단 왼쪽의 커서가 재촉하듯 사라졌다 나타났
다를 반복하고 있다.

아직 글은 시작도 되지 못한 상태다. 준비가 미흡해서 그런
것은 아니다. 기획특집은 원고지 열 장 정도의 분량이고, 그 정
도를 쓸 준비는 이미 마친 상태다.

영우가 컴퓨터 앞에 앉은 시간은 9시쯤이었다. 오늘은 야자
를 하지 않았다. 학교신문 기자들은 월요일 편집회의 시간과
금요일 기사 집필 시간은 공식적으로 야자에서 빠질 수 있다.

저녁을 먹은 다음 씻고, 그 동안 준비한 자료를 검토하였다.
쓸 준비를 다 마친 후 컴퓨터 앞에 앉았다.

그러나 손을 몇 번이고 자판 위에 올렸지만 시작할 수가 없
었다. 연습장에 반복하여 메모를 하고, 생각의 실마리를 찾아

헤매고 하는 사이, 벌써 11시가 넘었다. 금요일 밤까지는 완성된 기사를 메일로 발송해야 하지만, 오늘은 자정을 넘길 수밖에 없을 것 같다.

두 갈래 방향 앞에서 어떤 것을 선택해야 좋을지 알 수 없었다. 그 두 갈래 방향은 모니터 앞에 펼쳐진 연습장에 그대로 나타나 있다.

왼쪽 페이지 상단에는 '한 친구의 죽음 앞에서'라는 제목이 쓰여 있다. 그 아래는 비어 있다.

오른쪽 페이지에는 '청소년의 자살, 사회적 책임이다'라는 제목이 쓰여 있다. 그 아래에는 시꺼멓게 보일 정도로 빽빽한 메모가 적혀 있다. 어젯밤 인터넷 블로그와 웹 페이지를 뒤져서 메모한 자료들이다.

오른쪽 페이지의 제목을 선택하여 쓰자면, 연습장의 메모를 적절하게 활용하면 될 터였다. 이미 구성도 잡혀 있다. 서두에서 청소년 자살의 실태를 수치로 제시하여 그 심각성을 환기한다. 최근에 발표된 통계에 의하면 자살은 교통사고에 이어 청소년 사망 원인의 2위를 차지하고 있다. 스스로 자신의 목숨을 끊는 청소년이 질병이나 여타 사고로 죽는 경우보다 훨씬 많은 것이다.

서두에 이어, 자살의 원인과 배경을 서술하는 본론으로 넘어간다. 자살의 개인적 특성과 사회적 특성을 논의하면서, 개인적 특성도 궁극적으로 사회적 특성의 관점에서 접근되어야 한다는 쪽으로 논리를 전개한다. 영우는 읽은 자료들 중에서 이런 식으로 논의를 끌어가는 글이 설득력이 있다고 느꼈다.

이어서 사회적 특성의 배경을 구체적으로 가정과 학교로 나누면서 본론을 발전시킨다. 논리는 자연스럽게 청소년을 죽음으로까지 몰고 가는 가정과 학교에 책임을 묻는 방식으로 흐를 것이다. '지옥'이나 '전쟁'이라는 극단적인 용어로 표현되는 심각한 입시 문제가 주요한 원인으로 지적될 것이다.

결말에서는 이런 심각한 청소년의 자살에 대한 예방 대책을 논의하면서, 사회의 다각적인 노력을 촉구하면 된다.

'청소년의 자살, 사회의 책임이다'라는 제목의 특집은 이 정도로 무리 없이 마무리될 수 있다. 사실 이 정도의 주장은 상식적인 수준의 이야기에 불과하다. 비록 청소년 자살의 주요한 책임을 가정과 학교, 그중에서도 특히 질 낮은 입시 학원쯤으로 전락한 학교에 묻고 있지만, 이런 이야기야 흔히들 하는 것이다.

그러나 그건 학교 밖에서 생각하는 시각이다. 학교 안으로 들어오면 문제는 달라진다.

영우는 잘 알고 있다. 이 정도의 글이라도 학교 측에서는 그냥 넘기지 않을 것이다. 처음 나간 승욱이의 특집이야말로 학교에서 문제 삼을 만한 내용이 전혀 아니었다. 자살에 대한 일반론에다 건전한 대처와 치유 방법을 덧붙인 것이었다.

하지만 학교는 그것조차도 심각하게 문제를 삼았다. 서용현 선생님은 아무 말 하지 않았지만, 이미 지난 며칠 동안 학교 분위기가 어떻게 돌아갔는지 편집진 모두 잘 알고 있다. 학교에서는 찬오의 죽음에 관련된 것, 그 죽음을 기억하는 것 자체를 금기시하고 있는 것이다. 당연히 《목소리》에 대해 신경을 곤두세우고 있을 것이다.

교감이 서용현 선생님에게 수능이 끝날 때까지 《목소리》를 닫으라고 요구했다는 이야기가 들렸다. 1학년 기자들 몇에게는 담임들이 활동을 그만두라고도 했다는 것이다. 그런 압력을 견디면서 서용현 선생님이 아무 말 하지 않고 있는 것은, 기획특집이 이미 편집회의에서 결정된 사안이기 때문일 것이다.

승욱이의 글로 그 정도 분위기인데, 영우의 이런 글이 나가면 어떤 반응이 나올지 보지 않아도 뻔하다. 청소년 자살의 사회적 책임을 추궁하고, 구체적으로 가정과 학교의 책임을 부각시키고, 입시 지옥 운운하는 주장을 도저히 용납하지 못할 것이다. 수능이라는 일생일대의 비장한 전쟁을 앞두고 있는 선배들의 사기를 떨어뜨리는 심각한 반역 행위쯤으로 간주될 것이다.

'그렇다면…… 아마…….'

더 이상 기획특집은 진행되지 못할 것이다. 학교 측이 적극적으로 나선다면, 어떤 조치를 취할지 모른다.

그런 판단으로 영우는 두 시간이 넘도록 망설이며 고민했다.

'2회로 끝난다면…….'

그건 사실 찬오의 죽음에 대해 아무 말도 하지 않은 거나 마찬가지였다. 자살에 대한 상식이나 청소년의 자살에 대해서 인터넷에 떠도는 이야기가 무슨 의미가 있을까? 그런 것들이 찬오의 자살을 정말 설명해 줄 수 있을까? 한 문장이라도 찬오의 죽음에 대해 쓰는 것이 이 기획특집의 진짜 의미가 아닐까?

영우는 계속 그런 생각에서 헤어나지 못하고 있었다. 어차피 3회가 어렵다면, 그래서 마지막이 될 2회에서 찬오의 자살에 대해 말해야 한다면, 다른 제목을 택해야 할 것이다.

'한 친구의 죽음 앞에서.'

연습장의 왼쪽 페이지에 쓰여 있는 제목이다. 그 밑은 텅 비어 있지만, 내용은 모두 영우의 머릿속에 있다.

왼쪽 제목을 선택한다면, 글을 쓰는 과정은 작년 일년 동안의 기억을 하나하나 불러내는 일이 될 것이다. 돌아보고 싶지 않지만 어쩔 수 없다.

'1학년 8반', 그 대단했던 학급으로 돌아가야 한다.

'사무라이 강, 독사'에게로 돌아가야 한다.

자살하기 전 며칠 동안, 그러니까 중간고사를 보던 주에 찬오가 1학년 8반 친구들에게 연락을 한 것은 분명하다. 기획특집을 쓰기 위해 취재를 하면서 영우는 그 사실을 확인했다. 아예 대답을 않거나 거짓말을 하는 것 같은 아이들도 있어 정확하게 파악할 수는 없었지만, 1학년 8반이었던 아이들은 대부분 찬오의 전화를 받거나 만난 것 같았다. 말을 하지 않지만,

그래서 캐묻지 않았지만, 민제도 그랬을 것이라고 영우는 짐작하고 있다.

찬오가 전화를 하거나 아이들을 만났을 때 했던 말은 거의 비슷한 것 같았다. 영우가 집으로 들어가는 골목에서 들은 바로 그 말이었다.

사실 지금까지 영우의 등을 떠민 것은 그 말이었다. 그래서 편집회의에서 기획특집을 해야 한다고 강하게 주장했고, 기사로 올리지 못할 것이 분명한 3회 특집을 기다리는 것이 비겁하다고 판단해서 민제에게 바꾸자고 했던 것이다. 찬오의 그 말 때문에, 찬오의 죽음을 그냥 흘려보낼 수가 없었다.

그러나 아무리 생각해도 알 수가 없었다.

'왜 찬오는 자살을 앞두고 작년 같은 반이었던 아이들을 생각했을까? 왜 아이들을 찾아왔을까?'

'미안하다니……. 무엇이 미안하다는 걸까? 왜 그 말을 찬오가 해야 하지?'

1학년이 끝났을 때, 찬오의 친구로 남은 아이는 아무도 없었다. 친구는커녕 찬오가 말 한마디 붙일 수 있는 아이도 없었다.

어느 사이 12시가 넘었다. 어떤 쪽이든 결정을 해야 한다.

오른쪽 페이지의 제목으로 가면, 좀 시끄럽기야 하겠지만, 어쨌든 얼마 지나지 않아 조용해질 것이다. 영우에게 오는 영향도 크게 걱정할 정도는 아닐 테고. 특집이 중단되는 정도에서 이 일은 마무리될 것이다.

그러나 왼쪽을 선택해 1학년 8반을 불러내고 강태준 선생을 호출한다면 문제는 완전히 달라질 것이다. 이제 찬오의 자살은 단순한 죽음이 아니라, '폭탄과 같은 문제'로 돌변할 것이다. 그리고 그 폭탄을 던지는 사람은, 그 누구도 아닌, 정영우 자신이 된다!

거기에 생각이 미치자, 눈부신 조명 아래에 내던져지는 것 같았다. 벌거벗은 채 수많은 눈초리와 손가락질을 받는 것 같았다. 상상만으로도 견디기 힘들었다.

영우는 강하게 고개를 내저었다. 그건 자신의 원칙에도 어긋나는 것이다. 그저 조용히 고딩 생활을 마감하는 것이 이 학교에 입학하던 날의 굳은 결심이었다. 3년 동안 꾹 참고 견뎌 내서 무사하게 졸업하는 것을 최고의 목표로 설정하지 않았던가. 그래서 전혀 유쾌할 수 없지만 유쾌하게, 아니 유쾌한 척을 하면서 시간을 때우려고 했다. 외워 둔 명언집의 구절들을 한마디씩 날리면서, 지겨운 학교 생활의 징검다리로 삼았던 것도 그 때문이었다.

'더 이상 찬오의 일에 끌려들 수는 없다. 이 정도로 끝을 낼 수밖에 없다.'

영우는 컴퓨터 자판으로 손을 올렸다.

그리고, 2회 특집의 제목을 쳤다.

'청소년의 자살, 사회의 책임이다.'

*

글을 끝냈을 때는 새벽 2시 30분 가까운 시각이었다. 파일을 서용현 선생님과 기자들에게 보냈다.

무거운 짐을 벗어 버린 것처럼 홀가분했다. 그러나 한편으로는 무슨 소중한 것을 놓친 것처럼, 알 수 없는 안타까운 마음이기도 했다. 몸은 피곤했지만 쉽게 잠들 수 없을 것 같았다.

영우는 검은 마스크의 블로그로 들어갔다.

며칠 사이에 새 사진이 몇 장 올라와 있었다. 역시 깊은 어둠 저편으로 무섭게 질주하는 자동차의 사진들이었다.

영우가 이 블로그를 찾은 것은 다른 블로그를 통해서였다.

지난 여름방학, 어느 날 밤이었다. 포털 사이트 화면에 떠 있는 '오늘의 블로그'라는 코너 사진이 눈을 확 잡아끌었다. 도시의 불빛을 뒤로하고 고양이 한 마리가 혼신의 힘으로 달리고 있는 사진이었다. 고양이가 달려 들어가는 그 곳은 깊이를 모를 어둠이었다. 고양이는 무엇에 쫓긴 듯, 아니면 자기가 간절하게 원하는 것이 어둠 저편에 있기라도 한 듯이, 온몸을 던지듯 내달리고 있었다.

사진을 클릭하여 '고양이의 눈'이라는 아이디의 블로그로 들어갔다. 확대된 그 사진 밑에 덧글들이 달려 있었다.

그중 한 줄의 문장이 확, 영우의 눈을 잡아끌었다.

달려라, 달려! 모든 껍질은 사라지고 심장만 남을 때까지!

영우는 덧글을 단 검은 마스크의 블로그로 들어갔고, 이후 서로의 블로그를 방문하는 '이웃'이 되었다.
영우는 검은 마스크에게 쪽지를 남기고 빠져나왔다.

저 깊은 어둠 저편에 뭐가 있을까? 마음은 벗어나고 싶지만, 몸은 여기에 있다. 오늘은 경계선 위에 서 보았다. 그러나 역시 몸은 무겁고 용기는 없다.
하루하루 자신의 힘으로, 어둠 저편을 달려가는 꿈을 키워 가는 네가 부럽다.
난 꿈꿀 자격도 없다.
비겁, 비겁!
비겁하게, 오늘, 또 오늘을 견디고 있을 뿐.

강태준의 1학년 8반

민제는 메일을 인쇄한 A4 용지를 두 번 접어 호주머니에 넣었다. 그리고 가방에서 영어 문제집을 꺼내 점퍼 속 왼쪽 가슴에 집어넣고 지퍼를 올렸다. 문제집이 얇아서 표시가 나지는 않았다.

"어디 나가게?"

거실로 나가자 주방에 서 있는 엄마가 물었다.

"응, 응. 영어 문제집 살 것이 있어서."

"어두워졌어. 내일 사면 되지 않니."

"밤에 좀 풀어 봐야 돼. 내일은 일요일이잖아."

"아, 일요일에는 서점 문 닫던가?"

엄마가 고개를 갸웃거렸다.

"그럴 거야."

민제는 현관 쪽으로 걸음을 옮겼다.

갑자기 무엇이 생각났다는 듯 엄마 표정이 바뀌었다.

"참, 잠깐. 기다려."

엄마는 빠른 걸음으로 주방으로 들어갔다.

엄마가 쟁반을 들고 주방에서 나왔다. 키가 큰 유리컵에 걸쭉한 청색 액체가 담겨 있다.

"저녁을 그렇게 남기면 어떻게 하니. 카레라면 신이 나던 애가. 자, 키위 주스야. 이게 영양 밀도가 가장 높다더라. 비타민 C와 E도 많고 칼륨이나 마그네슘이……."

민제는 자신도 모르게 울컥 짜증이 일었다. 물론 다른 때 같으면 잘 참고 들었을 것이다.

"엄마, 그만!"

소리를 내지르자 엄마의 표정이 변했다.

"얘가 요즘 왜 이래? 안 부리던 성질을 다 부리고……."

"……."

"어디 몸이 안 좋니? 걸핏하면 머리 아프다 그러고. 왜 그래?"

"아니야."

"자, 마시고 나가."

엄마가 컵을 내밀었다. 미안한 마음이 들었다. 민제는 받아서 천천히 다 마셨다. 슬며시 미소가 번지며 엄마의 얼굴이 풀어졌다.

아파트 입구를 나온 민제는 단지 옆의 놀이터로 갔다. 놀이터에는 간편한 운동기구도 몇 개 놓여 있다. 윗몸 일으키기 기구 바로 뒤편에 방범등이 켜져 있다.

민제는 그 기구에 앉아 메일 인쇄한 것을 주머니에서 꺼냈다. 영우가 새벽에 보낸 메일이다.

오후 수학 과외가 끝나고 메일이 온 것을 보고 읽으려는데 저녁을 먹으라고 했다. 엄마의 채근에 훑어보기만 하고 식탁에 앉았다. 평소 좋아하는 카레밥이 혀끝에 깔깔하게 겉돌기만 했다. 엄마의 성화로 겨우 반 그릇을 먹고 숟가락을 놓았다.

방에 들어와서 다시 읽어 보았다. 천천히 읽어 내려가는데 이상하게도 꼭 목 아래에 뭐가 걸린 것 같은 느낌이 들었다. 묵직한 것이 가슴을 누르는 것처럼 답답하기도 했다. 그리고 갑자기 자신이 앉아 있는 방 안이 좁게 느껴졌다.

한번 그런 느낌에 휩싸이자, 더 답답해지면서 숨이 막혀 오는 것 같았다. 참고 앉아 있기가 힘들었다.

민제는 접힌 종이를 펼쳤다.

몇 번을 읽어 보았다. 영우의 글은 민제가 예상했던 내용에서 벗어나는 것이 아니었다. '청소년 자살, 사회의 책임이다.'라는 제목처럼, 청소년의 자살을 사회적 관점에서 분석한 일반적인 내용이었다. 특별히 과격하거나 문제 삼을 만한 것은 없었다.

'그런데 왜 내가 이렇게 불편한 거지?'

영우의 글은 정상적인 일정대로 모레 편집회의를 거쳐서 게재될 것이다. 이제 남은 특집은 민제가 써야 할 3회뿐이다.

3회 특집 글에서는 좀 더 구체적인 문제로 좁혀 들어가야 한다. 찬오의 죽음을 다루고, 거기에 원인으로 작용한 것들에 대해 써야 한다.

'불안해서……?'

민제는 마음속으로 고개를 흔들었다. 불안할 이유가 없다. 민제는 알고 있다.

'3회 특집 글은 없을 것이다!'

기획특집은 영우의 이 글로 끝날 것이다. 이 정도로도 학교 측은 펄쩍 뛸 테고, 더 이상 기획특집을 이어 가는 것은 불가능할 것이다. 그러니까 처음부터 학교 안의 문제를 구체적으로 다루는 글은 가능하지 않았다고 봐야 한다.

영우도 그래서 순서를 바꾸자고 했을 것이다. 두 번째 특집 글을 민제에게서 가져간 것이다. 어차피 세 번째란 없으니까, 자신이 두 번째를 쓰려 했다고 판단하는 것이 맞다.

지난 일요일에 영우와 공원에서 자전거를 탈 때도 마지막 글은 없을 거라고 민제는 예상하고 있었다.

그런데 모르는 체했다. 자신이 마치 마지막 글을 써야 하는 것처럼, 영우와 진짜 순서를 바꿔 준 것처럼 행동한 것이다.

민제는 얼굴이 화끈 달아오르는 것을 느꼈다. 이제 민제는 깨달았다. 왜 영우의 메일을 받고서 그렇게 마음이 불편했는지를. 메일의 내용 때문이 아니라 스스로의 마음 때문이었다.

자신은 비겁하고 약삭빠른 계산을 하고 있었던 것이다. 민제는 그런 계산을 머릿속에서 몰아내고 싶었지만 어쩔 수 없었다. 그것뿐 아니다. 다른 계산까지도 수없이 해 보았다.

'혹시…… 서용현 선생님이 버텨서, 의외로 3회 특집이 가능하다면…….'

그렇다면 민제가 쓸 차례다.

그런 생각을 할 때마다 민제는 흠칫 몸을 떨었다. 순간, 인상적인 영화의 가장 충격적인 장면처럼 눈앞을 스치고 지나가는 영상이 있었다. 형 동제가 폭탄 선언을 하던 그 날의 거실 풍경이다. 그 화면의 중심에 앉아 있는, 충격과 절망으로 일그러져 눈물 콧물로 뒤범벅된 엄마의 얼굴이 눈앞을 가득 메우곤 했다.

정말 그럴 리는 없지만, 그런 상황이 온다면 민제는 자신이 어떻게 할지 잘 알고 있다. 기자를 그만두고, 다시는 편집실 근처에도 가지 않을 것이다. 엄마의 그런 얼굴을 또 본다는 것은 너무나 두려운 일이다. 상상도 할 수 없을 정도로.

문득, 이 글을 쓰면서 영우도 두려웠을 거라는 생각이 들었다. 그래서 이 글이 기획특집의 마지막인 줄 알면서도 이렇게 막연하게 쓰고 말았을 것이다. 찬오의 자살을 학교 안의 문제로 좁혀 쓴다는 것은 생각하고 싶지도 않았을 것이다. 그것은 생각하기도 두려운 결과를 몰고 올 수 있을 테니까.

민제는 타오르는 불씨를 밟듯이 서둘러 기억의 머리를 누르려고 했다. 하지만 독이 오른 뱀처럼, 한번 머리를 든 기억은 쉽게 꺼지지 않고 혀를 날름거렸다.

*

신입생이던 민제가 담임인 강태준 선생을 처음 만난 것은 반 배정을 받던 입학식 다음 날이었다.

체육관에 모여서 배정을 받은 뒤 '1-8'이라는 팻말이 붙은 교실로 엉거주춤 들어갔다. 중학교 때 친구를 만난 몇 명은 일부러 활기찬 목소리로 이야기를 주고받았지만, 곧 전체 분위기에 눌려 입을 닫았다. 아이들이 의자에 어색한 모양새로 앉아 앞문 쪽을 흘끔거렸다.

10분이 지나도록 담임은 나타나지 않았다. 의자 끄는 소리도 사라지고 교실 안의 분위기는 점점 더 낮게 가라앉았다.

10분쯤 더 기다리고 났을 때 담임이 나타났다. 감색 양복을 입은 40대 초반 남자였다. 까무잡잡한 얼굴, 자그마한 키에 단단한 인상이었다. 담임의 손에는 당구 봉을 잘라서 만든 막대기가 들려 있었다. 1미터 길이 정도의 막대기는 윤기 있는 은색으로 반짝거렸는데, 마치 잘 벼린 칼처럼 날카로운 느낌을 주었다.

담임은 모여 앉은 아이들을 천천히 둘러보았다. 찌르는 듯

한 눈빛이었다. 담임과 눈이 마주친 아이들은 황급히 시선을 떨어뜨렸다. 교실은 낮은 숨소리까지 들릴 정도로 고요했다.

마침내, 담임이 돌아섰다. 분필을 잡은 담임은 칠판 중앙에 딱, 딱, 딱 소리가 나게 큰 글씨로 써 나갔다.

'우리는 1학년 8반이다. 우리는 성공한다.'

분필을 소리나게 내려놓은 담임은 돌아서서 입을 열었다. 낮게 깔리지만, 반짝거리는 강철판처럼 강한 느낌을 주는 목소리였다.

"내 이름은 강태준이다. 여러분을 환영한다. 이제 우리는 1학년 8반이다. 우리는 성공할 것이다. 이걸 기억하기 바란다. 여러분은 1학년 8반이었다는 것을 결코 잊지 않을 것이다. 나는 여러분이 1학년 8반이었다는 사실을 소중한 체험으로 만들어 줄 것이다."

아이들은 얼떨떨한 상태로 담임의 말을 들었다.

첫날, 담임의 인상이나 인사말이 좀 특이하기는 했지만, 민제는 별로 마음에 두지 않았다. '으레 담임이 된 꼰대들이야 처음 만나는 학생들 앞에서 갖은 분위기를 잡는 존재들 아닌가.' 뭐 그런 생각이었다.

그러나 그것은 큰 오산이었다. 며칠이 지나지 않아 민제네 반 아이들은 자신들의 담임이 그 유명한 '사무라이 강', '독사'라는 사실을 알게 되었다. 그리고 자기네 담임에게 자자한 명성을 안겨 준 일화들이 교실을 종횡무진 날아다녔다.

그것은 대명고등학교의 신화, 1등의 전설이었다.

사무라이 강의 반은 무조건 1등이고, 그것은 지금까지 무너지지 않은 전통이라는 것이었다. 그건 지속되는 사실이 되었다. 1학기 첫 중간고사부터 8반은 1학년 전체에서 반 평균 1등을 차지했다. 학년말 고사까지 그 1등은 변하지 않았다. 학기말로 갈수록 2등과의 점수가 크게 벌어진, 타의 추종을 불허하는 1등이었다. 학기말고사에서 2등인 3반과의 평균 점수 차이는 무려 10점에 가까웠다.

"나는 여러분에게 성공의 체험을 안겨 주고 싶다. 여러분은 성공이 무엇인지 배우게 될 것이다. 할 수 있다는, 이길 수 있다는 자신감이 몸에 배야 한다. 그것이 여러분을 성공한 인생으로 만들어 줄 것이다."

그 1학년 8반에서, '타의 추종을 불허하는 1등'을 차지하고 놓치지 않기 위해서, 담임의 지휘 아래 벌어진 일들은 다 기억할 수도 없다.

시험 때는 일요일도 아침부터 밤까지 교실에 모여서 집단으로 공부했다. 평소에도 다른 반보다 30분 일찍 등교하고 30분 늦게 하교했다. 그 시간은 반에서 영어 1등과 수학 1등이 문제를 내서 자습을 시켰다.

성적이 떨어진 아이들은 담임 특유의 얼차려를 일주일 동안 감수해야 했다. 물론 수업 분위기를 해치거나 흐트러뜨리는 어떤 행동도 용납되지 않았다.

담임은 직접 체벌은 하지 않았다. 하지만 기발한 형태의 얼차려를 받으면, 차라리 몽둥이로 맞는 것을 간절하게 바랄 정도였다.

허공을 가르는 담임의 은빛 '정신봉'은 직접 살을 베고 들어올 칼처럼 날카로운 공포를 주었다. 금방이라도 목이나 배를 찔러 올 것 같았다. 평소 그 정도로 아이들의 얼을 빼 놓았기 때문일 것이다. 민제네 반 아이들은 지옥에 빠진 것 같았다.

그런데 이상한 일이었다. 담임에 대한 교실 밖의 평가는 그게 아니었다.

담임은 국사 과목을 담당했는데, 3학년 여름방학에 담임이 여는, 정원이 20명인 '수능 특강반'에 들어가기 위해서 3학년들은 치열한 경쟁을 감수한다는 것이었다. 담임이 워낙 족집게처럼 잘 찍어 주기 때문이라고 했다.

학부모들의 평가도 대단하다는 것이었다. 담임이 1학년 담임을 맡는 것은, 2학년이나 3학년을 맡으면 서로 그 반으로 아이들을 밀어 넣으려는 학부모들의 성화 때문이라는 소문도 돌았다. 담당이 국사여서 1학년 담임을 하는 거겠지만, 그 정도로 높은 평가를 받는다는 말이었다.

나중에는 반 아이들이 담임을 대하는 태도도 달라졌다. 무서워하면서도 높은 점수를 매겼다.

그러나 민제는 작년을 돌아보고 싶지 않았다. 그건 영우도 마찬가지라고 했다.

겨울방학 때 서용현 선생님과 수련회를 갔을 때, 대천의 밤 바다를 보며 민제와 영우는 지난 일년을 '생각도 하기 싫은 악몽'으로 결론 내렸다.

민제는 그 때 생각했다. 겉으로는 다른 것 같지만, 영우와 자신은 마음속으로 통하고 있다고.

그 1학년 8반에 찬오, 김찬오가 있었다.

'우리가 그렇게 힘들었다면 찬오는?'

민제는 잘 알고 있었다. 영우도 잘 알고 있었다. 아니, 1학년 8반 아이들 모두 잘 알고 있었다.

찬오는 말할 것도 없었다.

독사 강태준, 사무라이 강에게 찬오와 같은 아이는 훤히 터진 앞길을 가로막고 있는 바위 같은 거였다. 그래서 더 도전 의욕을 불태우는 대상이 되었다. 자신의 확고한 신념을 테스트하는 특별한 대상이기도 했다. '성공의 체험'을 안겨 주고 싶다던 담임의 의욕은 더욱 강하게 불타올랐다.

그 무서운 불꽃을 고스란히 받아 내야 했던 것은, 작고 통통하며 생각과 동작이 유난히 느렸던 아이, 김찬오였다.

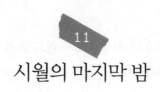

시월의 마지막 밤

원룸의 문을 열쇠로 잠근 서용현 교사는 어슴푸레한 복도를 걸어 나왔다.

복도 끝 유리문을 밀자 싸늘한 바람이 달려들었다. 등이 서늘해지는 느낌이었다. 설핏 들었던 잠이 깨서 더 그런 것 같았다. 그는 점퍼의 지퍼를 목까지 올리고 시멘트 계단을 내려와 골목으로 들어섰다.

큰길로 통하는 골목은 차 한 대가 겨우 지나갈 정도로 좁다. 띄엄띄엄 달린 방범등과 창에서 흘러나온 불빛들로 발밑을 걱정할 정도는 아니지만, 흐린 물 속처럼 구석구석 어둠이 고여 있다.

그는 모퉁이를 돌아 나왔다. 저만큼 골목 끝에 차들이 달리는 큰 도로가 보였다. 큰 도로로 나가 왼쪽으로 30미터쯤 가면 약속 장소인 '궁전 베이커리'가 있다.

전화를 받은 것은 막 선잠이 들었을 때였다. 학교 앞 식당에서 김치찌개로 저녁을 때우고 집으로 들어왔다. 오후부터 어깨가 자꾸 내려앉는 것처럼 몸이 무겁더니 저녁을 먹을 때는 으슬으슬 떨리고 머리가 지끈지끈 아팠다. 아스피린을 한 알 먹고 침대에 누웠다. 기억할 수도 없는 혼란스러운 꿈속을 헤매고 있는데, 핸드폰 벨 소리가 그를 잠에서 끌어냈다.

영우였다. 뜻밖이었다.

"선생님을 만나 뵙고 말씀드릴 것이 있어 전화했습니다."

영우는 준비했던 말인 듯 또박또박 말했다. 요 며칠 사이 영우가 달라졌다는 생각이 다시 들었다. 몸을 흔들흔들하며, 빙긋빙긋 웃으면서, 명언이나 명구를 날리고, 슬쩍슬쩍 농담을 던지던 영우가 아니었다.

"지금?"

"예."

"전화로 이야기하면 안 되겠니?"

그는 자신의 목소리에 은근한 망설임과 엷은 짜증이 섞여 든다는 것을 느꼈다. 다시 이불을 덮고 그냥 쉬고 싶었다.

그러나 잠깐 침묵 뒤에 흘러나온 영우의 목소리는 여전했다.

"예. 아무래도 뵙고 말씀드려야 할 것 같습니다. 제가 그쪽으로 가겠습니다."

그는 침대에서 일어났다. 어쩔 수 없다는 판단을 내렸다.

"그래, 알았다. 그 도로변 제과점에서 보자."

그가 4년째 살고 있는 원룸은 학교 앞 버스 정류장에서 다섯 정거장 거리다. 1기 기자 아이들은 이 곳을 잘 알고 있다. 작년 10월부터 창간 준비를 하면서 일주일이 멀다 하고 그의 원룸을 찾았기 때문이다. 토요일이면 늦은 밤까지 라면을 끓여 먹으며 자료를 읽고 토론하던 장소가 그의 원룸이었다. 그가 약속 장소로 정한 제과점에도 여러 번 같이 갔었다.

큰 도로로 나오자 더 강한 바람이 불어왔다. 과일 가게 안에서 라디오를 틀어 놓았는지 노랫소리가 흘러나왔다.

'……시월의 마지막 밤을, 그 날의 쓸쓸했던 기억은, 그대의 진실인가요……'

그러고 보니 오늘이 10월 31일이었다.

"딱 보름입니다. 디데이가 15일밖에 안 남았단 말입니다. 선생님들 바짝 긴장 좀 해 주세요."

아침에 교무 회의에서 목소리를 높이던 교감의 까칠한 얼굴이 떠올랐다.

그는 제과점 문을 밀고 들어갔다. 테이블 세 개가 모두 비어 있었다. 계산대 뒤에서 낯익은 주인 아주머니가 나왔다. 그는 제일 안쪽 테이블에 가서 앉으면서 말했다.

"조금 기다릴게요."

주인 아주머니는 미소로 대답을 대신하고 계산대 뒤로 돌아갔다.

'무슨 일이지?'

전화를 끊고 나서 줄곧 생각했지만, 이유를 집어낼 수 없었다. 영우는 어제 비상 편집회의에서 아무 말을 하지 않았다.

어제 아침부터 벌어진 일은 충분히 예상할 수 있는 것이었다. 월요일인 그저께 밤, 기획특집 2회를 올리면서 그는 그런 생각을 했다. 이것으로 기획특집은 마지막일 것이라고.

월요일 편집회의에 영우가 복사해 온 특집 글은, 토요일 새벽에 메일로 보낸 것과 내용은 같았다. 그도 토요일 오전에 메일을 열어 읽어 본 것이었다. 정리가 잘 되어 있어서 특별하게 교열이나 교정을 볼 것도 없었다. 다만 글의 끝에 한 문장이 덧붙여져 있었다. 1회 승욱이가 2회를 예고한 것처럼, 3회의 방향을 예고하는 것이었다.

다음 3회 기획특집은 이제까지의 일반론을 바탕으로 김찬오 학우의 불행한 죽음을 다루는 내용이 될 것입니다.

그러나 그는 편집회의가 끝나고 영우의 특집 글을 〈목소리 칼럼〉난에 올리면서, 영우가 예고한 3회는 없을 거라는 것을 예감했다. 학교 측에서 더 이상 두고 보지 않을 것이다. 더구나 이제 찬오의 죽음을 다룬다는 예고까지 나가지 않는가.

문득 영우가 왜 이런 예고를 덧붙였을까 하는 의문이 들었으나 그대로 올렸다.

예상한 대로였다. 화요일인 어제 아침, 출근하자마자 교감
이 그를 호출하였다.

"서 선생님 참 답답한 사람입니다. 나는 할 말 다 했습니다.
교장실로 올라가 보세요. 지금 즉시 말입니다."

그는 2층 중앙의 교장실로 올라갔다.

"아, 서 선생님. 그리 앉으세요."

컴퓨터 모니터를 들여다보고 있던 교장이 왼손을 들어 소파
를 가리켰다. 그는 긴 응접 탁자를 중심으로 양쪽으로 놓인 검
은 소파에 앉았다. 교장이 일어서서 책상을 돌아 나와 그의 정
면에 앉았다. 보라색 투피스 정장 왼쪽 어깨에 달린 금빛 브로
치가 전등의 은빛을 반짝 되쏘았다.

교장은 6년 전 사망했다는 이사장의 딸이다. 큰아들은 경영
학을 공부하러 뉴욕에 갔다가 그림에 빠져 들어오지 않았다고
했다. 알코올 중독이 심해 요양 중이라는 소문도 있었다.

"긴 말이 필요하지는 않겠지요."

그는 아무 말도 하지 않았다.

"예정대로라면, 다음 기획특집은 돌아오는 월요일 밤에 올
리는 건가요?"

교장은 평소의 낮은 목소리였다.

"예."

그렇게 대답할 수밖에 없었다.

교장이 소리 없이 웃었다. 환갑이 지난 나이인데도 교장은

피부가 맑고 깨끗하다. 웃을 때도 별로 주름이 잡히지 않는다. 그는 이 상황에서 그런 생각들을 떠올리는 자신이 어이없었다.

교장은 여전히 얼굴에 웃음을 띤 채 입을 열었다.

"지금 서 선생님 입장이 좀 곤란하겠군요."

"예?"

교장의 웃는 얼굴과 부드러운 목소리는 의외였다. 교장실 문을 두드릴 때는, 날카로운 눈초리와 호된 질책에 맞닥뜨릴 거라고 생각하고 마음을 다잡았었다.

"그렇지 않습니까. 교감 선생님 보고를 들으니까, 선생님이 학생들과 약속을 했다고요. 뭐, 편집회의에서 결정된 사안이라고요?"

교장은 약간 고개를 들어 금테 안경 너머로 그의 얼굴을 보며 물었다. 무슨 맥락에서 묻는지 모르지만, 대답이 어려운 질문은 아니었다.

"그렇습니다."

교장이 고개를 끄덕였다.

"그러니 선생님 입장이 난처할 거란 말이지요. 학생들과 한 약속이지만, 그래도 약속은 약속이니까요. 내가 선생님 오시라 한 것은 그 때문입니다. 짐을 덜어 드리려고요."

"예?"

그는 얼떨떨한 느낌으로 교장의 옆얼굴을 보았다. 무슨 말인지 이해가 되지 않았다.

교장은 여전히 웃음 띤 얼굴이고 낮은 목소리였다.

"자, 이제 선생님이 약속을 안 지키는 것은 아닙니다. 약속을 지킬 수 없게 된 것이지요. 선생님은 아무 책임이 없는 거예요. 참, 우리 인터넷 신문 편집 규정 나도 봤습니다. 좋은 말들이더군요."

"……."

교장은 말을 이었다.

"선생님이 아이들과 만든 편집 규정, 편집회의 규칙 다 의미가 있어요. 하지만 인터넷 신문은 학교 기구 중 하나이고 학교 기구들은 학교 책임자인 교장이 관장하는 겁니다. 중등 교육법에 나와 있는 거예요. 이제 교장인 내가 명령을 하는 겁니다. 이 기획특집을 중단하라고 말이지요. 서버를 차단할 수도 있지만 그럴 필요까지야 없겠지요."

순간적으로 교장이 나머지 특집을 신도록 허락할 수도 있지 않을까 하는 희망이 머리를 들었다. 웃는 얼굴과 부드러운 목소리는 어쩌면 이 문제에 대한 유연한 입장을 드러내는 것인지도 몰랐다.

그는 고개를 들고 입을 열었다.

"교장 선생님. 이번 특집은 나머지 한 회로 끝나게 됩니다. 원칙을 지켜 나가는 것이 교육적으로 중요하다는 생각입니다. 조금 어려운 점이 있더라도 말입니다. 이 문제를 학생들 스스로 생각하고 정리를 할 수 있도록, 좀 지켜보는 것이 바람직하다는……."

교장이 손을 저어 그의 말을 끊었다. 허공을 가르는 교장의 손바닥은 웃음이나 목소리와는 달리 찬바람이 일 정도로 단호했다.

"아까 이야기했지 않나요. 교감 선생님의 보고로 상황은 충분히 파악했어요. 법 위에 헌법이 있지요? 그렇지요? 법이 헌법에 저촉되면 바꿔야지요. 선생님과 학생들이 정한 규정이라는 것, 그것이 교장이 생각하는 학교 운영의 원칙에 저촉되면 어떻게 해야겠어요? 법 때문에 헌법을 바꿀 수는 없잖아요. 자, 이제 우리 정리합시다. 선생님은 학생들과의 약속을 어기지 않은 거예요. 그럼요, 약속은 지켜야지요. 다만 교장인 내가 법이 정한 권한에 따라 교육적인 판단으로 지시를 하기 때문에 그걸 따라야 하는 겁니다. 서 선생님이 그 지시를 따를 수 없다면, 나는 학교 기구를 관장하는 장으로서의 권한을 사용할 수밖에 없어요."

"……."

"자, 다 이해가 됐지요? 더 할 이야기 없겠지요?"

교장의 웃는 얼굴과 부드러운 목소리는 바위보다도 더 단단한 느낌을 주었다. 교장의 말대로 더 이상 대꾸할 말이 없었다.

이야기가 끝났다는 듯 교장이 일어났다. 그도 일어나서 나올 수밖에 없었다.

그가 교장실 문을 열려는데, 등 뒤에서 교장의 목소리가 들렸다.

"서 선생님, 우리 학교에 임용되신 지 4년째던가요?"

그는 돌아섰다. 교장은 모니터를 들여다보면서 말을 이었다.

"교사 생활, 밖에서는 그저 무난하고 편하게 여기겠지만, 만만하지 않은 거예요. 앞으로 많은 경험을 하고 배우실 겁니다."

"……."

교장이 머리를 들어 그를 바라보았다. 여전히 웃는 얼굴이었다.

"그만 나가 보세요."

그는 고개를 숙인 다음 교장실을 나왔다.

교장실 문을 닫는 순간 얼굴이 화끈 달아올랐다. 내내 웃음을 띤 채 표정 하나 변하지 않던 교장의 얼굴이 눈앞을 가렸다. 교장의 말은 자신의 입장을 배려해 준다는 식이었다. 어쩌면 자신도 마음 한쪽에서는 이 정도로 '기획특집 사태'를 끝낼 명분을 찾고 있었는지 모른다는 생각이 들었다. 교장이 교활하게 그것을 꼬집어 냈다는 생각이 들었다. 등까지 후끈 뜨거워졌다.

마치 자신이 서커스 무대에서 조련사의 채찍에 따라 재주를 부리는 곰처럼 느껴졌다. 교장실 문을 힘껏 박차고 뛰어들어가 교장의 얼굴에서 웃음을 확 걷어 내고 싶었다.

그는 그런 충동에 부르르 몸을 떨다가 황급하게 돌아섰다.

"딸랑, 딸랑."

출입문 종소리에 그는 고개를 돌렸다. 제과점으로 들어선 사람은 머리칼이 길게 흘러내린 20대 여자였다. 그 머리칼 옆 저 뒤에, 경중경중 뛰어서 도로를 무단 횡단하는 영우가 보였다.

곧이어 영우가 숨을 헐떡이며 들어왔다.

"횡단보도로 건너야지."

앞에 와서 앉는 영우에게 그는 가볍게 말했다. 영우가 입끝으로 슬쩍 웃었다.

"마음이 좀 급해서요. 기다리고 계실 것 같았어요. 버스가 생각보다 늦게 왔거든요."

"그래도 차는 조심해야 된다."

영우가 고개를 끄덕였다. 계산을 끝낸 여자가 나가고 주인 아주머니가 테이블로 다가왔다.

"뭐, 빵 좀 먹을래? 밥 먹었어?"

"예. 전 주스나 한 잔 마실래요."

그는 오렌지 주스 두 병을 주문했다.

주스를 한 모금 마실 때까지 영우는 말이 없었다. 급하게 뛰어온 것과는 다른 모습이었다.

"무슨 일이니?"

그는 병을 내려놓고 물었다.

"저, 사실은……."

"그래."

영우는 쉽게 입을 열지 못하고 있었다.

어제 비상 편집회의에서도 영우는 입을 굳게 닫고 있었다.

교장실에서 나온 뒤, 그는 간사인 호성이를 시켜 저녁 7시에 비상 편집회의를 한다고 1, 2기 기자 모두에게 연락하도록 했다.

교장실에서 아무 말도 못 하고 나온 것은 교장의 말을 승인한 거나 다름없었다. 교장 앞에서 그냥 물러난 뒤에 다른 행동을 할 수는 없었다. 사실 별다른 방법이 없기도 했다. 교장 말대로 인터넷 신문은 학교의 기구고, 중단이든 폐쇄든 교장의 판단에 좌우될 수밖에 없었다.

그는 기획특집을 중단시키기로 결정했다. 그런 결정을 하고 나자 꼭 조이는 가죽옷을 입고 있는 것처럼 답답했다. 어차피 미룰 이유도 없어 비상 편집회의를 소집한 것이다.

회의는 30분 만에 짧게 끝났다. 그는 교장을 만난 일과 기획특집을 그대로 진행시킬 수는 없게 된 이유를 솔직하게 설명했다. 더 강행할 때 예상되는 학교 측의 조치도 이야기해 주었다.

무거운 분위기 속에서 아무도 입을 열지 않았다. 순서대로라면 다음에 칼럼을 써야 할 민제도 고개를 숙이고 있을 뿐이었다.

승욱이가 입을 열었다.

"충분히 예상했던 일입니다. 학교 입장에서는 더 이상 허용할 수 없을 거고요. 우리도 그 논리를 거부할 수 없다고 봅니다. 지금 상태에서 우리가 선택할 수 있는 다른 방법은 없다는 판단입니다."

여전히 침착하고 냉정한 목소리였다. 아무도 승욱이의 말에 이의를 제기하지 않았다. 자연스럽게 그 말이 결론처럼 되어 버렸다. 그는 빨리 그 자리를 끝내고 싶어서 논의를 마무리하는 쪽으로 이끌었다.

그 동안 기획특집이 대신했던 〈목소리 칼럼〉을 계속하기로 하고, 순서대로 민제에게 맡겼다. 주제는 전에 민제가 준비하다가 갑작스레 터진 사고 때문에 접어 두었던 '고교생의 축제 문화'로 정하고 회의를 끝냈다.

"무슨 이야기인지 해 봐."

그는 한 번 더 채근했다. 영우는 잠시 머뭇거리더니 고개를 들었다. 그의 눈을 똑바로 쳐다보는 영우의 눈에 어떤 결심의 빛이 서려 있었다.

짐작할 수는 없지만, 불안한 예감이 스쳤다. 그는 그 예감을 지우기라도 하듯 고개를 끄덕여 영우의 말을 재촉했다.

입술을 한 번 꾹 다물었던 영우가 입을 열었다.

"선생님. 기획특집 3회를 제가 쓰겠습니다."

"뭐?"

그는 당황하여 자신도 모르게 목소리가 높아졌다.

"너 무슨 말이니? 어제 회의에서 끝난 얘기잖아!"

영우는 여전히 눈에서 힘을 풀지 않은 채 그를 바라보았다.

"알고 있습니다. 하지만, 원래 편집회의의 결정은 기획특집을 3회까지 쓰는 거였습니다. 외부의 압력으로 중단하는 것은 잘못된 일이라고 생각합니다. 그래서 제가 나머지 한 회를 쓰겠다고 말씀드리는 것입니다."

짜증이 확 치밀어 오르는 것을 느꼈다. '몸이 안 좋아서인가?' 생각을 하면서 그는 지그시 짜증을 누르고 말했다.

"어제 충분히 설명한 걸로 아는데. 영우 너도 별다른 이의를 제기하지 않았고. 나도 마음이 내키지 않지만, 어쩔 수 없지 않니. 더 이상 가능하지 않아. 그것 때문에 온 거야?"

영우는 조금 전 입을 열 때처럼, 다시 한 번 입술을 꾹 다물고 나더니 말했다.

"가능합니다. 학교 측에서 반대한다고 해도, 우리는 편집회의의 결정대로 쓰고, 그걸 실으면 되는 겁니다. 친구의 죽음을 추모하는 글이 편집 규정에 어긋나는 것은 아니잖습니까."

이제 솟아나는 화를 누르기가 힘들었다. 그런 중에도 영우의 말투가 평소와는 완전히 다르다는 생각이 들었다. 지금처럼 딱딱한 경어체가 아니라, '……죠', '……데요' 하면서 편하게 말하던 아이였다.

그는 입을 여는 대신 병에 남은 주스를 마셨다.

교사가 되면서 스스로 정한 규칙 중 하나가 '화를 낸 상태에서 언행을 하지 말자'였다. 질책을 하거나 경우에 따라 벌을 줄 때가 있겠지만, 그럴 때일수록 냉정한 상태에서 판단을 해야 한다는 생각이었다.

그는 목소리를 가라앉혀 입을 열었다.

"그래. 그렇게 생각할 수 있어. 그러나 현재 상태는 어쩔 수 없구나. 어제도 말했지만, 학교 측에서는 신문 자체를 폐쇄할 수도 있어. 어떤 원칙이 밖의 조건과 타협할 수밖에 없는 경우가 있는 것 같다. 지금 우리의 경우처럼 말이야."

그는 말을 하면서 목소리가 가라앉는 것을 느꼈다. 스스로 한없이 미약한 존재라는 서글픔과 부끄러움이 밀려왔다.

그의 목소리에서 받은 느낌 때문인지 영우는 고개를 숙였다. 그는 이제 자리를 끝내고 방에 들어가 눕고 싶었다. 영우도 더 이상 할 말이 없을 거라는 생각이 들었다.

그러나 서서히 고개를 든 영우의 목소리는, 낮지만 단단한 결기가 서려 있었다.

"해야 할 말도 못 한다면 그런 신문이 무슨 의미가 있습니까. 그런 신문을 유지하기 위해서 할 말을 못 하는 것은 거꾸로 된 것이라고 생각합니다. 신문은 해야 할 말을 하기 위해서 있는 거라고 믿으니까요. 저는 끝까지 써야 한다고 생각합니다. 할 말을 하다가 신문이 없어진다면, 그건 어쩔 수 없는 것 아니겠습니까."

툭, 그의 마음속에서 어떤 줄이 끊어지는 것 같았다. 더 이상 참을 수가 없었다. 그의 목소리가 튀어 올랐다.

"정영우! 너 왜 이래. 그렇게 말해도 못 알아듣겠어? 선생님 말 헤아릴 만한 놈이 왜 이러느냔 말이야. 야, 이 녀석아. 우리가 신문 어떻게 만들었어. 작년 몇 달 동안 얼마나 고생했어. 없어지면 어쩔 수 없다고? 네가 그렇게 말할 수 있는 거야?"

영우는 약간 고개를 숙인 채 그의 말을 묵묵히 받아 내고 있었다.

그런 모습을 보고 있으니, 솟아올랐던 화가 스르르 가라앉으면서 조금 전의 서글픔과 부끄러움이 그 자리를 차지했다.

"미안하다. 내 능력이 미치지 못해서. 내가 너희들과의 약속을 못 지켰다. 부끄럽고 미안하구나."

영우가 고개를 숙인 채 중얼거리듯 말했다.

"선생님, 죄송합니다."

문득, 잊고 있었던 생각이 떠올랐다.

"참, 그런데 마지막 회는 네 순서도 아니잖아. 민제가 쓸 차례잖아."

영우가 고개를 들었다.

"예. 순서를 바꿨어요. 사실 저도 마지막 회가 없을 거라고 생각해서 두 번째로 쓰기로 한 겁니다."

"그래서 민제랑 바꾸었던 말이야? 네가 쓰려고?"

"예."

"왜? 찬오랑 1학년 때 같은 반이어서? 그건 민제도 마찬가지잖아."

"그냥…… 그래야 할 것 같아서요."

"그런데 영우, 너 어제 비상 편집회의에서 별 말이 없었지 않니. 방금 네 말로도 마지막 회가 없을 것 같아서 두 번째로 썼다고 했고. 만약 쓴대도 민제가 마지막으로 써야지. 왜 갑자기 네가 쓰겠다고 나서는 거니?"

그 이유가 궁금하지 않을 수 없었다. 조금 전까지는 영우의 느닷없는 말에 놀라서 여기까지 생각할 틈이 없었다.

영우의 표정이 다시 굳어졌다.

"순서는 별로 중요하지 않다고 생각합니다. 누가 쓰든, 결국 우리 신문의 기자가 쓰는 것이니까, 상황에 따라 한 번 더 쓸 수도 있다고 생각합니다."

그는 고개를 끄덕였다.

"그렇기는 하지. 순서나 누가 쓰느냐는 부차적인 문제겠지. 그런데 조금 전 내가 한 질문의 핵심은 그게 아닌데? 너도 어제까지 그렇게 생각했고, 또 받아들였잖아. 더 이상 기획특집 못 쓸 거라는 것 말이야. 왜 오늘 이러는 거니?"

영우의 얼굴에 곤혹과 고통이 뒤섞인 표정이 스쳤다. 이마를 잔뜩 찡그려서, 마치 소리 없이 마른 울음을 우는 것 같기도 했다. 그런 표정으로 입을 열 듯 말 듯 하던 영우가 고개를 숙였다.

그 순간, 그는 영우가 말을 삼키고 말았다는 것을 느꼈다.

"선생님께 말씀드릴 수 있는 것은, 제 마음이 바뀌었다는 것입니다. 원래 우리가 결정했던 원칙대로 하고 싶습니다."

영우가 말하지 않는 것이 있음이 분명했다.

"정영우!"

*

제과점을 나온 것은 11시가 넘어서였다. 그는 택시에 영우를 태워 보내고 돌아섰다.

결국, 그는 영우를 설득할 수 없었다. 녀석은 무슨 말인가 가슴속에 감추고 있는 것 같았지만, 편집회의의 원칙과 편집 규정만 되풀이했다. 그가 화를 내고 언성을 높여도 물러서지 않았다.

그는 더 이상 어떻게 할 수 없어, 못을 박듯 말하고 말았다.

"그래 네가 쓰는 것은 자유다. 네 말대로 절차에 따라 기자들에게 메일로 발송할 수도 있다. 그건 네 자유의 범위 안에 있으니까. 그러나 신문에 게재할 수는 없다. 그건 지도교사인 내가 허락할 수 없어."

그는 원룸이 양옆으로 늘어선 골목으로 걸어 들어갔다. 골목에는 한층 묵직해진 어둠이 들어차 있었다. 모퉁이를 꺾어 들자, 바람이 말아 올린 먼지가 목덜미를 파고들었다. 오싹 한

기가 등골을 타고 흘렀다. 온몸이 부르르 떨렸다. 몸살이 시작
된 것 같다. 그는 점퍼 깃을 세워 목을 깊이 넣었다.

영우의 말이 맞다. 외부의 압력이 있더라도 원칙은 지켜야
한다. 그런 원칙을 지키지 못할 거라면 신문이 있어 무엇하는
거냐는 녀석의 항변도 맞는 말이다. 그러나 교사인 그로서는
지금 어쩔 수가 없다. 이제 할 수 있는 일은 없는 것이다.

그는 교사가 된 이래 처음으로 바닥 모를 좌절감을 느끼고
있었다. 빨리 방에 가서 드러누워, 그저 깊이깊이 잠들어 버리
고 싶었다.

다시 만난 찬오

택시 속에서 생각에 빠져 있다가 집으로 들어가는 골목 앞을 지나쳐 버렸다.

영우는 100미터쯤 더 가서 내렸다. 늦은 시간 때문인지 헤드라이트를 켜고 달리는 차들뿐, 거리는 텅 비어 있었다. 24시간 편의점 같은 곳을 제외하고는 가게도 대부분 문이 닫혀 있었다. 저녁부터 불기 시작한 바람이 더 거세진 것 같다. 발밑으로 낙엽이 바람에 휩쓸려 굴러다녔다.

서용현 선생님의 반응은 예상했던 것이었다. 놀랄 수밖에 없을 것이다. 어제 저녁까지 아무 말 없다가 갑자기 찾아갔으니 그럴 만했다. 영우도 어젯밤 비상 편집회의 때까지 자신이 마지막 회를 쓰겠다는 생각은 전혀 하지 않았다. 사실 이미 끝난 일이라고 생각했다.

2회 기획특집 끝에 3회의 방향을 예고한 것은 쓰겠다는 의사 표시가 아니라, 이것으로 끝이라는 심정으로 덧붙인 거였다. 그렇게 분명하게 매듭을 짓고 싶었던 것이다.

그런데 상황이 바뀌고 말았다. 어젯밤 늦게 있었던 그 일은 자신의 의사와는 상관없었다.

영우가 오늘 서용현 선생님을 찾아간 것은 선생님이 허락할 거라고 생각해서는 아니었다. 선생님 처지에서는 교장과 약속한 것을 깰 수는 없다는 것을 영우도 알고 있었다. 그러나 먼저 선생님에게 말해야 한다는 생각이었다. 선생님이 허용할 수는 없어도 알고는 있어야 한다는 판단이었다. 그것이 선생님에 대한 최소한의 예의라고 생각했다.

골목 안쪽으로 돌아앉은 '정인약국'의 불빛도 꺼져 있었다. 영우는 셔터가 내려진 약국을 옆에 끼고 골목으로 들어섰다. 조금 걸어 들어가 모퉁이를 꺾어서 안쪽으로 세 번째 집, 청록색 철 대문이 영우네 집이다. 골목 안 모퉁이 방범등이 골목 안을 희끄무레하게 비추고 있었다.

골목을 걸어 들어간 영우는, 모퉁이를 돌기 전에 걸음을 멈추었다. 무섭지는 않았지만, 등이 서늘하게 굳는 느낌이었다.

영우는 천천히 고개를 돌렸다. 큰 도로로 터진 골목 입구는 휑하니 비어 있었다. 약국에서 마주 보이는 어른 키 높이의 낡은 시멘트 담 아래도 마찬가지였다.

찬오가 서 있던 곳이 거기였다. 죽기 전날인 10월 13일 토요일 저녁 무렵, 찬오는 거기 서 있었다.

그리고 어젯밤!

영우는 다시 거기에 서 있는 찬오를 만났다!

분명 찬오는 거기, 담장 밑에 있었다!

어제 저녁, 비상 편집회의가 끝나고 영우는 학교 앞에서 시내로 들어가는 버스를 탔다. 딱히 어디로 가겠다고 생각한 것은 아니었다. 교실로 가서 야자를 하기도, 집으로 들어가기도 싫은 것뿐이었다. 시내에 내려서 발길이 가는 대로 쏘다녔다.

기분이 이상했다. 자신에 대한 변명과 비난이 마음속에서 싸우고 있었다. 편집회의에서 자신이 취한 태도 때문이었다. 입을 다문 것이 당연했다는 판단과 비겁했다는 비판이 뒤엉키고 있었다.

복잡한 기분으로 시내를 돌아다녔다. 하지만 아무리 생각해도 결론은 분명했다. 이제 그 일, 찬오의 자살에 대한 기획특집은 끝난 것이다.

걸어서 집 앞까지 왔을 때는 오늘 이 시간쯤 됐을 것이다. 역시 불 꺼진 약국 앞을 지났다. 그리고 모퉁이를 꺾어 들어가기 전까지 걸어왔을 때였다.

이상하게 뒤에서 무언가가 슬며시 잡아당기는 것 같은 느낌이 들었다. 옷자락 어디 한 군데가 아니라 몸 전체를 가만히, 아주 가만히 끌어당기는 느낌이었다.

골목 안은 고요했다.

영우는 멈춰 선 다음, 천천히 뒤를 돌아보았다.

아! 거기 찬오가 서 있었다!

약간 안개가 낀 듯한, 희끄무레한 빛 속에 찬오가 서 있었다. 담 아래에 서서 골목 안쪽을 물끄러미 들여다보고 있었다.

'차, 찬오야!'

가슴 밑으로 심장이 쿵 떨어지는 것 같았다. 그저 충격이라고 말할 수밖에 없는 강렬한 느낌으로 온몸이 굳었다.

순간적인 느낌이지만, 무서운 것은 아니었다. 도망치고 싶은 것도 아니었다. 오히려 찬오에게 다가가고 싶었다. 찬오가 가만히 자신을 당기고 있다고 느꼈기 때문이다. 찬오의 뜻대로 따라 주고 싶었다. 다가가서 무슨 말이라도 듣고 싶었다. 그리고 자신도 말을 하고 싶었다. 하고 싶은 말이 목까지 가득 차 있는 느낌이 들었다.

가까이 다가가야 할 것 같았다. 그래야 할 것 같았다. 그 생각으로 굳은 몸이 스르르 풀렸다.

영우는 찬오가 서 있는 쪽으로 발걸음을 떼려고 했다.

순간, 찬오가 연기처럼 사라졌다. 사라지기 전 설핏 웃은 것 같았다. 작년 1학기 초 처음 봤을 때의 웃음이 아니었다. 낮은 목소리지만 '후후훗' 소리 내어 웃던, 눈 주위부터 잔물결처럼 번지던 그 웃음이 아니었다. 아이들의 눈치를 보게 된 이후, 어색하게 얼굴을 일그러뜨리면서 웃던 웃음이었다. 마른 울음을 우는 것처럼, 고통스럽게 웃는 표정을 만들던 그 웃음이었다.

영우는 한 발을 떼려던 자세 그대로 굳어 버렸다. 그리고 그 순간, 깨달았다.

'그거였어! 그래서였어!'

그래서 찬오는 자살하기 전, 반 아이들에게 전화를 걸거나 찾아갔던 것이다. 미안하다고 했던 것이다. 영우에게도 찾아와 미안하다고 했던 것이다.

'도와 달라고 한 거야!'

'도와 달라고, 죽고 싶지 않다고, 살고 싶다고 한 거야!'

머뭇머뭇하며 작은 목소리로, 오히려 자신이 미안하다고 말을 걸어온 것이다. 자기에게 말을 걸어 달라고, 손을 잡아 달라고, 좀 도와 달라고, 살려 달라고, 그렇게 소리 없이 외치고 있었던 것이다!

그런데 아무도 말을 걸어 주지 않았고, 아무도 그 손을 잡지 않았다. 1학년 초 두 달쯤 지난 다음부터 학년이 끝날 때까지 내내, 반 아이들 모두가 그랬다. 모두 찬오가 마지막으로 내민 손을 차갑게 외면했다. 아무도 찬오의 마지막 외침을 들어 주지 않았던 것이다. 영우 자신도 마찬가지였다. 그래서 찬오는 19층의 창문 밖으로, 깊은 어둠 속으로 몸을 던지고 만 것이다.

영우는 자신을 덮친 그 깨달음의 충격으로 휘청 무릎이 꺾이는 것 같았다. 그대로 바닥에 주저앉을 것만 같았다.

영우는 가까스로 힘을 줘 벽에 기대고 섰다. 심장을 조여 오는 것 같은 아픔으로 몸이 떨렸다.

'찬오는, 얼마나 외롭고, 무섭고, 고통스러웠을까…….'

19층의 창문으로 다가가면서 얼마나 외로웠을까.

저 아래, 깊은 어둠을 내려다보면서 얼마나 무서웠을까.

얼마나 힘들고 고통스러웠으면 그렇게 몸을 던지고 말았을까.

눈물이 흐르기 시작했다. 뺨을 적신 눈물이 목을 타고 내려 가슴으로 흘러들었다.

영우는 담에 기대서서 소리 죽여 흐느끼며 오래도록 울었다. 그렇게 울면서 찬오의 죽음에 대해 써야 한다는 것을 깨달 았다. 찬오의 죽음이 이렇게 잊히게 할 수는 없다고 생각했다. 어떻게 해서든지 그 진실을 말해야 한다고, 그냥 묻어 버릴 수는 없다고 입술을 깨물었다.

*

영우는 컴퓨터를 켰다. 이제 민제에게 메일을 보내야 할 것 같았다.

어젯밤은 꼬박 새우다시피 했다. 담장에 기대어서 찬오의 죽음에 대해 쓰겠다는 결심을 했지만, 방에 들어와 한참 시간 이 지날 때까지 혼란스러운 마음을 가라앉히기 힘들었다. 다 만 한 가지, 자신이 한 결심이 엄청난 파장을 불러오리라는 것 은 예상할 수 있었다.

영우는 새벽이 될 때까지 책상 앞에 앉아 생각해 보았다. 이미 편집회의에서 결정된 사안이다. 서용현 선생님도 허락할 권한이 없는 것은 분명하다. 그러나 일단 쓰기만 하면, 올릴 방법이 없는 것은 아니었다. 실명이라면 누구나 글을 올릴 수 있는 〈우리들 마당〉이라는 난도 있다.

'그게 아니라도 내가 결심만 하면 그냥 올려 버릴 수 있어. 선생님의 아이디와 비밀번호는 공개된 것이나 마찬가지니까. 쓰기만 하면 내가 바로 올릴 수 있어. 그런데 그 다음은 어떻게 될까……?'

정확하게 예측할 수는 없지만, 태풍과 같은 회오리가 자신을 덮치리라는 것은 알 수 있었다. 단순히 교장의 지시를 어기고, 선생님의 아이디를 도용하여 글을 올린다는, 규칙을 어기는 문제가 아니니까. 물론 그것만으로도 학교는 용납하지 않을 것이다.

그러나 문제는, 글의 내용이다. 영우는 너무도 잘 알고 있다. 자신이 마지막 회를 쓴다면, 찬오의 죽음에 대해 쓴다면 무엇을 써야 할지를. 무엇이 찬오를 죽음으로 몰고 갔는지, 그 진실은 무엇인지를 써야 할 것이다.

지난해 학년 초, 찬오는 눈에 띄기는 했지만 큰 문제는 없는 아이였다. 찬오는 말과 행동이 모두 상당히 느렸다. 같은 중학교에 다닌, 2학년 때 같은 반이었다는 병윤이의 말로는 찬오의 증세는 뇌의 신경 전달이 느린 희귀한 경우라고 했다. 대학 병원 같은 데서 검사를 받았는데, 치료를 하고 말고 할 수 있는 병이 아니고 그저 신경의 전달 속도가 느린 특이한 경우라고 진단했다는 것이다.

찬오는 느리기는 했지만, 생활하는 데에 불편할 정도는 아니었다. 성적은 중간 이하였는데, 그것은 대개 찬오가 답지를 절반도 쓰지 못해서 시험 시간이 끝나 버리기 때문이었다. 찬오는 답을 알기는 해도 그것을 생각하고 쓰는 시간이 다른 애들보다 두어 배는 더 걸렸다. 한번은 답안지를 절반도 채우지 못한 것을 이상하게 생각한 수학 선생님이 찬오에게 나머지 문제를 풀어 보게 했다. 시간을 충분히 주니까 찬오는 한 문제만 틀리고 나머지는 다 정답을 써 냈다. 그러니까 공부는 상당히 잘하는데 성적은 잘 안 나올 수밖에 없었다.

그렇지만 찬오는 성적에는 별 관심이 없는 눈치였다. 그건 찬오의 부모님도 마찬가지라고 했다. 그저 아이들과 잘 어울려서 별 탈 없이 학교에 다니기를 바랄 뿐이라는 것이었다. 찬오의 누나와 형은 성적도 뛰어나고 운동도 잘한다는 소문이었다. 아이들 말로는 찬오 아빠는 찬오를 포기한 셈이고, 직장에 다니는 엄마는 안타까워하면서 신경을 많이 쓴다고 했다.

사실 찬오가 큰 문제가 있는 것은 아니었다. 성적이 좋지 않고 체육 시간에는 늘상 구경만 하고 있었지만, 중학교 때까지는 평범하게 지내 왔다고 했다. 말도 느리고 행동이 답답해서 싫어하는 아이들도 있었지만, 또 몇몇 아이들은 그냥 인정하고 같이 어울렸다는 것이다. 사실 학년 초만 해도 찬오는 나름 대로 아이들과 어울리려고 노력했고, 동그란 얼굴을 서서히 펴면서 자주 웃기도 했다.

그러나 그런 웃음은 오래가지 못했다. 담임 강태준의 칼끝처럼 날카로운 시선이 점점 더 자주 작고 통통한 찬오의 몸에 꽂히기 시작한 것이다. 사무라이 강의 1학년 8반에서 별명이 느림보, 굼벵이, 달팽이 등등인 김찬오는 아스팔트 위에 주저앉은 바위와 같은 존재였다.

아침 조회를 시작하면서 출석을 부를 때도 그랬다. 아이들의 이름을 순서대로 외운 담임은, 출석부도 보지 않고 낮고 빠른 목소리로 이름을 불러 나갔다. 아이들은 그 속도에 맞춰 재빨리 대답을 해야 했다. 채 한 달이 지나지 않아서 처음 출석을 부르던 시간의 반 정도에 호명이 끝났다.

문제는 찬오였다. 담임의 빠른 목소리와 그에 호응하는 아이들의 대답이, 찬오에게 오면 뚝 끊기고 마는 것이다.

'김찬오!'

2초쯤의 사이.

'……예에.'

이런 식이었다. 담임이 부르고 아이들이 대답하는 속도가 빨라질수록 당황한 찬오의 대답은 더 느려졌다. 물론 이건 사소한 예에 속한다.

찬오가 담임을 화나게 한 중요한 이유 중 하나는, 찬오가 실력이 있으면서도 시험을 형편없이 봐서 '반 평균을 확 깎아 먹는다'는 것이었다.

정답을 알면서도 반 이상 비워 둔 채 답안지를 내는 찬오의 행위는 담임을 분노하게 만들었다. 담임은 그것을 해결 가능한 문제로 이해했다. 스스로 노력해 교정하면 충분히 해낼 수 있는데, 능청을 부리고 게으름을 피운다고 생각하는 것 같았다.

담임은 교육에 대한 자신의 신념을 몇 가지 구호로 만들어 갖고 있었는데, 그중 하나가 '자신을 극복하자!'였다. 그러니까 찬오는 자신을 극복하지 못한 대표적인 예였고, 담임이 교정을 해 줘야 할 시범 사례이기도 했다.

담임이 1학년 8반을 '정상의 반'으로 만들기 위해서, 담임의 표현대로 하면 아이들에게 '성공의 체험'과 '할 수 있다는 자신감'을 심어 주기 위해서 벌인 일들은 다 기억할 수도 없을 정도다.

그중에서 특히 잊을 수 없는 것은, 담임이 '함께 책임을 나누는 체험'으로 명명한 일이었다. 말이 체험이지 함께 받는 얼차려인데, 영우에게는 정말 고통스러운 기억으로 남아 있다. 시험 성적이 떨어졌을 때, 수업 시간에 졸았을 때(담임은 다른 과목의 수업 시간에 잔 사람도 그 과목의 선생에게 부탁하여 명단을 파악했다), 쉬는 시간이나 점심시간에 학급 분위기를 소란스럽게 했을 때, 담임이 주는 단체 얼차려였다.

그건 두 사람 이상이면 가능한 얼차려인데, 서로 어깨를 결은 다음 반복해서 '앉았다 일어나기'를 한다. 이런 가운데 정신력을 강화시킨다는 구호를 외쳐야 한다.

"하면 된다!", "자신을 극복하자!", "우리는 할 수 있다!", "나의 적은 나 자신이다!", "오늘을 투자해서 내일을 열어 가자!" 등등이다. 구호는 앉을 때와 일어설 때로 나눠서 외쳤다. 앉으면서 "하면", 일어서면서 "된다!" 하거나, 역시 "오늘을 투자해서", "내일을 열어 가자!" 식이다.

처음 그 얼차려를 받을 때 아이들은 속으로 웃었다. '앉았다 일어나기라니, 뭐 이런 쉬운 얼차려가 다 있나' 이런 생각들이었다. 그러나 그건 대단한 오산이었다. 5분이 지나면 이마에 진땀이 돋고, 10분이 지나면 다리가 아파서 몸이 뒤틀린다.

그런데 진짜 고통은 그런 육체적 고통이 아니었다. 정신적 고통이었다. 그건 반 친구들과 어깨를 걸고 해야 하는 데에서 오는 것이었다.

자신이 힘들고 고통스럽다고 조금만 느슨하게 하면, 그 영향은 고스란히 옆의 친구에게 돌아갔다. 옆 친구가 그 몸무게까지 감당하고 일어서야 하기 때문이었다. 제 고통에다 옆 사람의 짐까지 떠안게 된 친구는 눈을 부라렸다. 심하면 증오에 찬 욕설을 내뱉기까지 했다. 마찬가지다. 옆의 친구가 게으름을 피우면 자신이 더 힘들고 옆의 친구에게 무서운 화가 치밀어 욕설을 뱉게 마련이었다.

이 얼차려의 무서운 점은, 아무리 힘들어도, 그냥 쓰러지고 싶어도, 옆 사람 때문에 쓰러질 수도 없는 것이다. 아무리 고통스러워도 정신을 잃지 않는 한은 절대 멈출 수 없다.

1학년 8반 아이들은, 횟수가 많건 적건 이 얼차려에서 자유로울 수 없었다. 그리고 가장 자주 걸리는 아이가 김찬오라는 것은 당연했다.

아이들은 점심시간에 우르르 몰려다니다가 "담임 떴다!"는 말에 재빨리 앉아 책을 편다. 미처 자기 자리를 찾지 못한 아이들이 걸리게 되는데, 찬오는 자기 자리 옆에 서 있다가도 제대로 앉지 못해 걸릴 때가 많았다. 아마 찬오가 어떻게든 스스로를 극복할 수 있으며, 결국에는 하면 된다고 믿은 담임이 일부러 더 찬오를 찍어 내기도 했을 것이다.

찬오와 엮여 일명 '함께 책임을 나누는 체험'을 하는 것은 정말 견디기 어려운 고통이었다.

옆자리의 두 아이는 말할 것도 없었다. 찬오는 키가 작아서 어깨를 걸고 서면 옆자리의 아이들 어깨에 매달려 발이 동동 들렸다. 게다가 동작이 느리니 일어설 때는 옆 사람이 매달고 서고, 앉을 때는 역시 옆 사람이 어깨 힘으로 주저앉혀야 되는 셈이었다. 옆자리의 두 아이가 가장 힘들었지만, 나머지 아이들도 평소보다 훨씬 고통이 심해졌다.

영우도 기억하고 있다. 1학기 중간고사 성적이 나왔을 때였다. 담임은 과목별로 성적이 떨어진 아이들을 모아 날마다 얼차려를 주었다.

마침 영우가 찬오의 옆에 서게 되었다. 담임은 200개를 하라고 했는데, 채 20개도 못 해서 다리가 뻐근했다. 찬오의 무게를 달고 앉았다 일어서기를 반복해야 했기 때문이다. 눈앞이 캄캄했다. 50개가 넘었을 때는 가슴으로 땀이 줄줄 흘렀다.

그 때 돌아본 찬오의 얼굴을 영우는 정말 잊을 수 없다. 땀으로 범벅이 된 얼굴이 잔뜩 구겨진 종이처럼 일그러져 있었다. 영우와 눈이 마주치자, 찬오는 그런 고통 중에서도 어떤 표정을 만들어 보였다. 그것이 '미안해'라는 표정이라는 것을 눈치챘지만, 영우는 매몰차게 얼굴을 돌렸다. 당장 그 순간은, 찬오를 사정없이 내팽개쳐 버리고 싶은 충동을 참을 수가 없었던 것이다.

자살하기 전 찬오가 1학년 때 같은 반이었던 아이들에게 '미안하다'고 한 것은 그런 때를 생각해서인지 모른다. 하지만…… 그건 분명 찬오가 할 말이 아니었다.

1학기 기말고사를 앞두고 반장을 앞세운 아이들은 단체 얼차려에서 찬오를 빼 달라고 담임에게 사정했다. 물론 찬오를 생각해서가 아니었다. 찬오를 '견딜 수 없어서'였다.

담임은 '반 평균이 1등을 놓치지 않고 반 분위기가 흐트러지지 않는다'는 조건을 걸어서 허락했다. 아이들은 이 조건을 지키기 위해 필사적인 노력을 했고, 1학기 말 이후 8반 평균은 2등과 5점 차 이하가 된 적이 없었다.

그 이후 찬오는, 때로는 복도에서, 때로는 화단 앞에서, 때로는 운동장에서, 혼자 구호를 외치며 얼차려를 받았다. 단체 얼차려에서 빼돌린 것처럼, 아이들은 더 이상 찬오를 같은 반 친구로 여기지 않았다.

학년 말이 되었을 때 찬오의 얼굴에서 잔잔하게 번지던 웃음은 자취도 찾아볼 수 없었다. 아주 가끔씩 아이들과 눈이 마주치기라도 하면 힘들고 어색하게, 찡그리는 것 같은 묘한 표정의 웃음을 만들어 낼 뿐이었다.

그랬다. 찬오는 그 일년 동안에 이미 죽어 가고 있었다.

어젯밤, 영우는 새벽이 될 때까지 지난해의 기억을 좇았다.

담임이 까마득한 저 허공의 어둠 속으로 찬오의 등을 떠밀었다. 그리고 반 아이들은 그걸 구경하고 함께 거들었다. 영우 자신도 물론.

영우는 밝아 오는 창문을 바라보면서 찬오의 죽음에 대해서 쓰기로 다시 한 번 결심했다.

이제 피할 길은 없었다.

*

영우는 메일함을 열었다.

서용현 선생님에게 말했으니, 남은 사람은 민제였다. 영우는 이 결정에 대해 민제에게 말해야 한다는 생각이었다. 순서대로 하면 이 글은 민제가 써야 했다. 영우가 또 쓰려고 한다는 사실을 민제에게만은 알려야 했다.

그리고 더 중요한 이유가 있다. 영우는 민제를 친구로 믿고 있다. 말이 없지만 속이 깊은 아이라는 것을 잘 알고 있다. 이 사건이 터지면서 자꾸 껍질 안으로 숨으려는 것 같아서 서먹해지기도 했지만, 그 믿음을 버린 것은 아니다.

영우는 민제에게 배신감을 안겨 주고 싶지 않았다.

오늘 밤 서용현 선생님을 만났다.

내가 기획특집 마지막 회를 쓰겠다고 말씀드렸어. 물론 선생님은 허락하지 않았어. 하지만 난 쓸 생각이다. 평소 일정대로 금요일까지 써서 선생님과 기자들에게 발송하려고 해. 신문에는 어떻게 할 거냐고? 그건 아직 모르겠다. 다만 지금은 써야 한다는 생각을 할 뿐이야.

마지막 순서는 민제 너니까 너한테 허락을 받아야 한다는 생각이 들었다. 그러나 한편으로는 이 기획은 중단되었고 너도 그래서 안 쓰는 것이니까, 내가 스스로 결정해서 쓰는 것은 너하고는 상관이 없다는 생각도 들어. 이 말을 하는 것은 네가 부담을 갖지 않았으면 해서다.

어제 회의에서는 입 다물고 있다가 갑자기 이렇게 나와서 미안하다. 선생님이 그 이유를 물으셨지만, 대답할 수 없었어. 지금은 너한테도 마찬가지다. 선생님이나 너를 무시해서가 아니라 어떻게 말하면 좋을지 몰라서야.

나중에 자세히 말할 때가 있겠지.

이만.

갑자기 이런 결심을 하게 된 이유를 메일로 쓸 수는 없었다. 죽은 찬오를 만났다는 것을 민제가 어떻게 받아들일 것인가.

서용현 선생님의 질문에 대답하지 못한 것도, 일단은 그런 이유에서였다. 우선 찬오를 만났다는 말을 믿지 않을 것이다. 영우가 충격으로 헛것을 봤다고 할 것이다. 있을 수 없는 일이라고, 그럴 수 없다고 할 것이다. 그 말이 맞을지도 모른다. 그러나 영우에게 중요한 것은 그게 아니었다. 중요한 문제는, 영우 자신이 어젯밤 분명히 찬오를 보았다는 것이다. 두 눈으로 보고, 가슴으로 느꼈다는 것이다.

물론 또 다른 이유도 있다. 어젯밤 찬오를 만나면서 깨닫게 된 그 느낌과 생각을 어떻게 이야기할 수 있을까. 서용현 선생님의 질문에 입이 떨어지지 않은 것도 그 때문이었다. 그건 지금 민제에게도 마찬가지였다.

메일을 보내고 검은 마스크의 블로그로 들어갔다. 언제 보아도 강한 충격을 주는, 꼬리를 휘날리며 어둠 저편으로 질주하는 붉은 불빛이 눈을 채웠다.

영우는 짧은 쪽지를 남겼다.

이제 경계선 저쪽으로 발을 내디디려 한다. 어둠 저편에 무엇이 기다리고 있을까? 너의 오토바이 질주와 동행을 할 수 있는 날이 머지 않아 올 수도……

거울 속 아이

민제는 모자를 깊숙이 내려 썼다.

거울 속에, 점퍼 지퍼를 목까지 채우고 밤색 모자를 눈썹에 닿도록 깊이 눌러쓴 아이가 서 있었다.

물끄러미 그 아이를 바라보던 민제는 몸을 돌려 살며시 방문을 열었다. 거실과 안방 모두 불이 꺼져 있어 조용했다. 주방의 냉장고 소리만이 작은 벌레의 숨죽인 울음소리처럼 낮게 깔리고 있었다.

민제는 발소리가 나지 않게 조심스레 현관으로 걸어갔다. 민제는 현관문을 천천히 열고 나와 조심스럽게 닫았다.

엘리베이터에서 내려 아파트 출입구의 유리문을 밀고 나왔다. 싸늘한 바람이 목덜미를 스치고 지나갔다. 아파트 앞 광장은 고요했다. 희뿌연 조명 아래에 나란히 주차된 차들이 보였다. 자정에 가까운 시간이었다.

민제는 단지 입구로 달리기 시작했다.

야간 자율학습을 하고 집에 왔을 때는 10시 30분이 넘은 시각이었다. 간단히 씻고 거실의 컴퓨터를 켰다. 인터넷 영어 강의를 듣기 위해서였다.

"자, 마시고."

엄마가 쟁반을 들고 왔다. 키가 높은 유리컵에는 흰 액체가 채워져 있었다. 소화가 잘 된다는 마에 요구르트를 넣어서 간 것이다. 민제는 유리잔을 들어서 걸쭉하고 미끈한 액체를 마신 뒤 엄마가 들고 있는 쟁반에 빈 잔을 올려놓았다.

영어 강의로 들어가기 전에 메일을 열어 보았다. 영우에게서 메일이 와 있었다. 발송한 시각을 확인해 보니 오늘 새벽이었다. 민제는 메일을 열었다.

'이게 무슨 말이야? 영우가 마지막 회를 쓰겠다고?'

분명 그런 내용이었다. 갑자기 얼굴의 피가 아래로 싹 빠지면서 등에 소름이 돋는 느낌이 들었다.

"영어 강의 듣는 거 아니니?"

주방에서 엄마가 나오면서 물었다.

"응? 어, 응."

민제는 반사적으로 메일을 로그아웃하고 영어 강의로 들어갔다.

영어 강의가 흘러나오기 시작하자 엄마는 소파 귀퉁이에 엎어져 있는 책을 들고 앉았다.

민제는 머리를 한 대 얻어맞은 듯한 멍한 느낌으로 화면을 보고 있었다. 감색 콤비를 입은 강사가, 매직펜으로 필기를 하는 중에도 쉬지 않고 떠들고 있었다.

"A man fails to notice that an elephant has sensitive feeling by its big body. 인간들은 그 큰 몸집 때문에 코끼리가 예민한 감각을 갖고 있다는 것을 간과하기 쉽다. 자, 간과하기 쉽다, 페일스 투 노우티스, 투 노우티스 깨닫다 알다, 페일 실패하다, 그러니까 페일스 투 노우티스 하면 간과하다 깨닫지 못하다 그런 뜻이 되죠. 뭐를? 댓 이하를 말이죠. 엘러펀트가 갖고 있는 센스티브 필링을, 바이 잇츠 빅 바디, 그 큰 몸집 때문에……."

강사의 말이 사방으로 흩어졌다. 레고로 지은 집이 주먹으로 한 대 얻어맞은 것 같았다. 이미 화면은 다른 문장으로 넘어가 있었지만, 민제의 머릿속은 그 자리를 맴돌고 있었다. '코끼리가 예민한 감각을 갖고 있다는 것을…….' 그런 것 같다. 언젠가 텔레비전에서 코끼리가 눈물을 흘리는 것을 본 적이 있는 것 같다.

'도대체 영우 그 자식이 왜 이런 메일을 보냈지?'

강의가 끝날 때까지 내내 민제는 혼란스러웠다. 영어 단어들과 영우가 보낸 메일 내용이 뒤죽박죽으로 섞여서 휘돌고 있는 것 같았다.

컴퓨터를 끄고 방으로 들어온 민제는 찬찬히 생각해 보았다. 영우의 메일 내용은 분명했다. 자기가 마지막 기획특집을 쓰겠다는 것이다. 그걸 서용현 선생님에게 어젯밤 말씀드렸다는 것이다.

'영우가 왜? 2회를 썼는데 왜 3회까지 쓰겠다는 거지? 쓴다면 내 차례 아닌가. 아니, 그건 이미 끝난 이야기야. 비상 편집회의에서 결정됐잖아. 영우도 그 자리에 있었어. 그런데 이제와서 왜? 왜 그 자식이 또 나서는 거지?'

점점 가슴이 답답해져서 견디기 힘들었다. 민제는 핸드폰을 집어 들었다. 신호가 몇 번 간 다음 영우가 받았다.

-나, 민제.

-응.

-메일 봤다.

-그래.

별다른 느낌이 전해져 오지 않는 목소리였다.

-좀 만나자.

-지금?

-그래, 지금.

말이 끊기고 낮은 숨소리만 들리더니, 5초쯤 후 영우가 대답했다.

-알았어.

-그럼 거기서 보자, 편의점.

-그래.

*

민제는 아파트 정문을 나와 왼쪽으로 방향을 꺾어 달렸다.

민제가 말한 24시 편의점은 민제네 아파트 단지와 영우가 사는 주택 단지 사이 도로변에 있다. 둘은 그 편의점에서 같은 반이던 1학년 때도 가끔 만났고, 반이 달라진 2학년 때는 더 자주 만났다. 서로 자신이 쓴 기사를 읽어 달라거나, 기사의 실마리가 잡히지 않을 때 그랬다. 그런 경우 얼굴을 맞대고 이야기해야지 전화로는 제대로 상의할 수 없었다.

저만큼 불빛이 환하게 쏟아져 나오는 24시 편의점이 보였다. 민제는 숨을 헐떡이며 발길을 멈추었다. 불빛이 쏟아져 나오는 유리벽 옆, 약간 어두운 곳에 영우가 서 있었다.

영우가 눈에 들어온 순간, 민제는 가슴 뜨겁게 울화가 치밀어 오르는 것을 느꼈다. 참기 어려웠다. 걸음을 빨리하여 다가가 그 기세로 영우의 가슴을 꽉 떠밀었다. 민제를 보고 한 걸음 앞으로 나오던 영우가 휘청 떠밀려 비틀거리더니 주저앉았다.

"야, 왜 그래?"

영우가 바닥에 주저앉은 채로 고개를 들어 민제를 보았다.

민제는 영우를 내려다보고 소리쳤다.

"나쁜 새끼. 다 네 멋대로냐. 네가 뭔데 회의에서 결정한 일을 뒤집는 거야? 선생님은 뭐고, 우리는 뭐냐?"

영우가 몸을 일으키더니 편의점 출입문 옆 시멘트 턱에 걸터앉았다.

"바위처럼 꿈쩍도 않던 이민제가 이렇게 흥분하는 건 처음이네. 물론 내 잘못이겠지만. 뭐 내 잘못이라고 할 수도 없다. 나라고 처음부터 이러고 싶었겠냐."

"뭐, 자식아? 넌 지금 네 멋대로 하고 있잖아. 순서를 바꿔서 쓰자 하더니, 이제 또 쓰겠다고? 편집회의 결정도 맘대로 무시하고."

"야, 좀 앉아. 그렇게 서 있는 거 쳐다보려니까 목이 아프잖아."

영우가 목소리를 낮추었다. 영우가 같이 목소리를 높이지 않으니 민제는 다리에서 힘이 스르르 풀리는 느낌이었다.

민제는 영우와 좀 떨어져서 나란히 앉았다.

"난 캔 커피 하나 마실 건데, 넌?"

영우가 전에 가끔 음료수를 사 올 때처럼 물었다. 민제가 더 자주 했던 질문이기도 했다.

민제는 대답하지 않았다. 그런 것 따위를 말할 기분이 아니었다.

"알았어. 너는 잘 마시는 바나나 우유 마셔."

편의점 안으로 들어간 영우가 캔 커피와 우유 팩을 들고 나왔다.

민제는 영우가 준 우유를 받아 들고만 있었다.

커피를 한 모금 마신 영우가 입을 열었다.

"놀랐냐?"

민제는 영우를 한 번 노려보고 시선을 정면으로 돌렸다. 다리에서 힘이 풀린 뒤로 끓어오르던 화도 어느 정도 가라앉은 것 같았다. 그러나 가슴은 더 답답한 느낌으로 묵직해졌다.

"그럼 너는 아무렇지 않겠냐."

"사실, 서용현 선생님도 많이 놀라셨을 거다."

영우의 말에 서용현 선생님이 떠올랐다. 아이들을 많이 이해해 주는 선생님이었다. 아니, 이해해 준다기보다 아이들 입장에서 생각하려고 노력하는 선생님이었다. 선생님과 함께 《목소리》를 준비하는 과정에서 느낀 것이었다. 영우도 같은 생각일 것이다.

민제의 목소리가 다시 높아졌다.

"그걸 알면서 그랬냐. 이건 선생님부터 무시하는 거야. 우리가 선생님한테 그럴 수 있는 거야?"

영우는 잠시 동안 입을 열지 않고 커피만 몇 모금 마셨다. 민제도 우유 팩을 열어 마셨다. 서늘한 액체가 흘러들어 가자 가슴이 좀 뚫리는 것 같았다.

캔으로 땅바닥을 탁, 탁, 탁 두드리던 영우가 입을 열었다.

"나도 선생님 좋아해. 하지만, 이번 일은……."

"이번 일은 뭐?"

"선생님 책임이 있어."

"선생님 책임?"

"그래. 편집회의에서 결정했으면 끝까지 해야지. 중단해서는 안 되는 거지."

영우의 목소리는 높지 않았지만 고집스럽게 들렸다. 민제는 영우가 억지를 쓰고 있다고 느꼈다.

"그건, 선생님 책임이 아니잖아. 선생님도 어쩔 수 없는 상황이 된 거 아니냐. 그저께 비상 편집회의에서 충분히 설명 들었잖아."

"그래도 그건 원칙이 아니지. 편집 규정에도 어긋나고."

"너 왜 자꾸 억지 부리냐. 선생님도 할 수 없는 거 아니야?"

영우는 여전히 똑같은 어조로 말했다.

"그래도 우리가 정한, 서로 약속한 원칙을 지켜야지. 선생님이니까. 선생님이니까 원칙과 약속을 지켜야 한다고."

민제는 밀어도 꿈쩍도 않는 바위를 앞에 두고 있는 것 같았다. 자신도 모르게 다시 목소리가 높아졌다.

"그럼, 넌 뭐냐? 그렇게 원칙과 약속을 지켜야 한다고 믿었으면 왜 가만히 있었지? 그저께 비상 편집회의에서 선생님께 말했어야지. 언제 선생님이 우리 입 막은 적 있었냐. 그 때는 왜 벙어리처럼 앉아 있다가 혼자 선생님 찾아가고 난리야? 너도 그 정도로 김찬오 사건이 끝났으면 하고 바란 거 아니야?

나한테 마지막 기획특집 밀어 놓고 부담 느낀 거 아니냐고. 힘
든 건 나한테 쓰라고 하고 도망간 것 같아서 비겁하다고 생각
했을 테니까. 안 그래? 이 치사한 자식!"

그 동안 수없이 생각했던 문제라서 말이 마구 쏟아져 나왔다.
영우는 여전한 목소리였다.

"오해하지 마. 너하고 바꿀 때는 마지막은 없을 거라고 생각
했어. 솔직히 너도 예상하고 있었잖냐. 그래서 2회를 내가 쓰
려고 그런 거야."

"왜 네가 쓰려고?"

"그렇게라도 좀 이야기를 해야 할 것 같아서. 찬오가 죽기
전에 나를 찾아왔다고 했잖아. 그런데 아무 말도 안 하면 마음
이 너무 그럴 것 같아서. 같은 반이었고, 학교 문제를 다뤄야
할 기자고."

민제도 이제 더 이상 가슴속에 담고 있을 수가 없었다. 그
동안 돌멩이를 삼킨 것처럼, 그 돌멩이가 뱃속 어디쯤 딱 걸려
버린 것처럼 힘이 들었다.

"나한테도 전화했었어. 금요일 오후에."

영우는 정면을 바라본 채 가볍게 고개를 끄덕였다. 짐작하
고 있었다는 표시였다.

"그럴 것 같았어. 찬오한테 연락받거나 만난 적 없다고 잡아
떼는 우리 반, 대단했던 1학년 8반 말이야, 그 아이들 대부분
거짓말하는 것 같았거든. 기억하고 싶지 않은 거지. 너도 부담

을 느낀 것 같았고."

민제는 어둠 속에서 얼굴이 화끈 달아오르는 것을 느꼈다.

모르겠다. 찬오의 자살 소식을 들은 날, 운동장 스탠드에서 영우에게 왜 사실대로 말하지 못했는지. 찬오가 그냥 실수로 번호를 누른 것이라고, 그래서 그냥 끊기 뭣해서 몇 마디 한 것 이라고, 그건 말할 필요도 없는 일이라고 믿고 싶었던 것일까.

그러나 사실은 민제도 알고 있었다. 영우의 말이 맞다. 그랬 다. 찬오를 기억하고 싶지 않아서, 그래서 전화를 받은 사실을 털어놓지 않았던 것이다. 수없이 생각하고 생각했던 일이다. 비겁하고 치사한 자식은 바로 자신이었다.

민제는 솔직하게 속마음을 털어놓으려고 했다. 그런데 민제 가 입을 열기 전에 영우가 말을 이었다.

"왜 편집회의에서는 가만히 있다가 어제 선생님 찾아갔냐고 물었지? 선생님도 그걸 물었어. 그런데 말할 수 없었어. 사실 은, 사실은 말이야……."

민제는 일단 자신의 말은 접어 두기로 했다. 지금 영우가 하 려는 말이 정말 궁금했으니까. 검은 승용차 한 대가, 도로가 텅 비었는데도 비명과 같은 경적을 울리며 달려갔다. 어둠이 날 카롭게 찢어지는 것 같았다.

영우가 낮은 곳으로 흐르는 물처럼 조용한 목소리로 말했다.

"사실은, 그저께 밤, 찬오를 만났거든."

"뭐라고?"

"죽기 전에 날 찾아왔던, 그 곳에서 말이야."

민제는 눈을 한껏 뜨고 영우를 노려보았다.

'이 녀석이 지금 뭐라는 거야?'

영우가 고개를 돌려 민제의 얼굴을 보았다.

"너 지금 내 정신이 어떻게 된 거 아니냐는 말을 하고 싶은 거냐?"

"그래. 어떻게 찬오를 만날 수 있어? 그게 말이 돼?"

영우는 고개를 돌려 다시 정면을 보았다.

"내 눈에 보였으니까. 거기 서 있었어. 한참 동안이나. 내가 다가가려 하자 사라져 버렸지만."

민제는 강하게 고개를 흔들었다.

"만약 그렇다면…… 그건 네 상상일 뿐이야."

영우가 천천히 고개를 끄덕였다.

"그럴 수도 있겠지. 하지만, 난 너무나 생생하게 봤어. 느꼈고. 보고 느꼈으니까 있었던 거지. 그게 중요한 거 아니야?"

"……."

"그렇게 찬오를 만나서 나는 깨달았어."

"뭘?"

민제는 영우의 얼굴을 보았다. 영우가 천천히 고개를 끄덕이며 낮은 목소리로 말했다.

"왜 찬오가 우리를 찾았는지 말이야. 왜 찬오가 그런 말을 했는지……."

*

민제는 조용히 방 안으로 들어왔다.

점퍼와 모자를 벗어 벽에 걸고 돌아섰다. 거울 속에 한 아이가 서 있다. 눈 주위는 다크 서클이 생긴 것처럼 거뭇하고 눈자위는 불그스레하게 충혈되어 있다. 민제는 그 아이를 물끄러미 바라보았다.

거울 속의 아이가 눈을 깜박거리면서 말했다.

'넌 알고 있었어.'

'뭘 말이야?'

'찬오가 일부러 너에게 전화했다는 사실을 말이야. 처음부터 알고 있었다고.'

'무슨 말이야?'

'그래서 두려웠지. 그 이야기를 쓰게 될까 봐 두려웠던 거야. 그래서 영우가 순서를 바꾸자고 했을 때 못 이기는 척 바꿔준 거야. 마지막이라면 쓰지 않아도 되리란 걸 예상하고 해방감을 느꼈잖아.'

'영우가 사정이 있다고 했어. 시골에도 가야 한다고.'

'그건 핑계라는 걸 너도 짐작했잖아.'

'그래도 믿을 수밖에 없었어.'

'진정한 이유는 그게 아니야. 넌 불안하고 두려웠던 거야. 찬오가 왜 죽었는지 알고 있었으니까. 찬오가 죽은 이유를 써

야 할지도 모른다고 생각했으니까. 그래서 비겁하게 도망가려 한 거야.'

'난 도망가려 한 게 아니야. 편집회의 결정에 따라 쓰려고 했고, 영우가 바꿔 달라고 해서 바꿔 줬을 뿐이야. 선생님이 안 된다고 해서 마지막은 안 쓰는 것뿐이야. 내 뜻이 아니라고.'

'그럼, 영우는 왜 쓰려고 하는 건데? 영우 말이 맞는 거 아니야? 《목소리》의 편집 원칙과 편집 규정을 지키는 것이 맞지 않아?'

'아니야. 특수한 상황 때문에 어쩔 수 없는 일이야. 선생님도 그러셨어. 아이들도 다 인정했고. 《목소리》를 지켜야 한단 말이야.'

'그게 이유야? 《목소리》가 그렇게 너한테 소중해? 넌 필요하기만 하면 언제든지 《목소리》에서 나올 수 있을걸. 대학 가는 데 장애가 된다고 판단하면 말이지. 솔직해지는 게 어때. 문제가 생길까 봐, 흔들려 버릴까 봐, 성적이 떨어지고 너 스스로 저 대열에서 떨어져 나올까 봐 두려웠잖아. 그래서 형처럼 어느 날 엄마의 가슴을 찢어 놓을까 봐 너무 불안했던 거잖아. 그렇지. 안 그래?'

민제는 묵묵히 거울 속의 얼굴을 바라보았다. 더 이상 대답할 수가 없었다.

아까 편의점 앞에서, 찬오를 만난 것을 이야기하던 영우가 마침내 눈물을 흘리며 했던 말이 떠올랐다.

"이제 찬오가 왜 우리를 찾아오고 전화를 한 건지 알겠어? 왜 미안하다고 했는지 알겠어? 살고 싶다고 한 거야! 살 수 있게 도와 달라고 말이야!"

민제는 고개를 숙인 채 영우의 말을 묵묵히 듣고만 있었다. 형의 폭탄 선언 앞에서 비명을 지르고 고통스럽게 울부짖던 엄마의 얼굴을 떠올리면서.

입을 열어 가슴속 말을 하고, 그래서 눈물이라도 흘리면 자신의 마음속 저 무언가가 터져 버리고 말 것 같았다. 그렇게 그 무엇이 터져 버리면, 스스로도 자신이 어떻게 행동할지 정말 알 수 없을 것 같았다.

아무도 대답하지 않았다

영우는 종례가 끝나고 학교를 빠져나왔다.

야자를 빠지는 이유도 담임에게 말하지 않았다. 그런 생각 자체를 하기가 싫었다.

"그냥, 몸이 좀 안 좋아서요."

엄마는 평소보다 일찍 들어온 영우가 한마디하자 고개를 끄덕였다.

저녁을 대강 먹고 씻은 다음, 컴퓨터 앞에 앉았다.

이제 '그 글', 찬오의 자살에 대해서 쓸 작정이었다. 마지막 기획특집을 써서 서용현 선생님과 《목소리》의 기자 모두에게 발송할 결심이었다. 그런 다음 어떻게든 기사로 올릴 작정이었다. 아직 확실한 방법을 생각한 것은 아니다. 다만 지금은 찬오의 죽음에 대해 말해야 한다는 것, 써야 한다는 생각뿐이었다.

영우는 한 자, 한 자, 자판을 눌러 제목을 쳤다.

'아무도 대답하지 않았다!'

전에 생각했던 '한 학우의 죽음 앞에서'는 부제로 달았다.

이번 글은 예전의 칼럼처럼 체계나 형식을 생각하고 싶지 않았다. 그저 마음속에서 들끓고 있는 것들이 불러 주는 대로 받아쓰고만 싶었다. 서두나 본론, 결말 등의 딱딱한 형식을 무시하고 마음속의 생각을 그대로 드러내고 싶었다.

영우는 심호흡을 한 뒤 자판을 치기 시작했다.

2학년의 한 학우가 스스로 목숨을 끊었다. 그 학우는 죽기 며칠 전 특별한 행동을 했다. 1학년 때 같은 반이었던 아이들을 찾았다. 전화로 통화를 하려고 시도했고, 찾아가기도 했다. 그건 필자가 확인한 사실이고, 또한 필자가 경험한 사실이기도 하다. 그 학우 김찬오는 죽기 하루 전날 저녁, 필자에게 찾아왔다. 이 세상에서 살 시간을 채 하루도 남겨 놓기 전에 말이다.

영우는 자판에서 손을 떼었다. 무언가 뜨거운 것이 목으로 치밀어 오르는 느낌 때문에 숨이 막혔다.

이런 느낌 때문이었다. 서용현 선생님이 갑자기 마음을 바꾼 이유가 뭐냐고 했을 때, 결국 입을 열지 못한 것은 이런 느낌을 말로 전달할 수는 없다는 생각 때문이었다. 그것은 강태준의 반 아이들만 느낄 수 있을 것이다. 점점 말과 웃음이 사라져 그 옆에 입을 닫고 있던 쓰레기통처럼 변해 간 찬오를 일년 동안 지켜본 아이들만 이 느낌을 알 수 있을 것이다.

영우는 다시 숨을 고르고 자판을 치기 시작했다.

마지막 문장을 끝내고 보니 2,000자 이내로 제한되는 원고 분량을 상당히 넘어선 상태였다.

영우는 첫 문장부터 천천히 읽어 가면서 수정을 하기 시작했다. 이미지처럼 떠오르는 생각을 좇다 보니 글 전체가 불안정해 보였다. 좀 더 효과적으로 생각을 전달하려면 논리적인 흐름을 잡아야 할 것 같았다.

영우는 두 번, 세 번 읽으면서 교정을 보았다. 마침내 글이 완성된 것 같았다.

영우는 몇 번이나 읽은 글을 처음부터 천천히 읽어 내려갔다.

아무도 대답하지 않았다!
-한 학우의 죽음 앞에서

우리 학교 2학년의 한 학우가 스스로 목숨을 끊었다. 그 학우는 죽기 전 며칠 동안, 1학년 때 같은 반이었던 아이들을 찾았다. 전화로 연락을 했고, 직접 찾아가기도 했다. 그건 필자가 확인한 사실이고, 또한 필자가 경험한 사실이기도 하다. 그 학우 김찬오는, 자살을 결행하기 하루 전날 저녁, 필자에게 찾아왔던 것이다.

김찬오는 작년에 1학년 8반이었고, 그가 찾은 사람들은 모두 같은 반 아이들이었다. 그리고 그 아이들에게 전화로, 또는 찾아와서 한 말도 모두 비슷한 내용이었다. 그것은 "미안해."라는 말이었다. 김찬오는 자살하기 전, 1학년 때 반 친구들에게 미안하다는 말을 하려고 전화를 하고 찾아간 것이다. 왜 그랬을까? 왜 죽기 전에 작년의 같은 반 친구들에게 미안하다는 말을 하려고 했던 것일까?

그 의문을 풀어 보기 위해서 필자는 김찬오가 지난 일년을 보낸 1학년 8반의 현실로 되돌아가 봐야 한다고 생각한다. 필자는 그 학급에서 일년을 보냈기에 그 현실을 지금도 생생하게 기억하고 있다.

기억을 떠올리기 전, 필자는 먼저 고백을 하고 용서를 구해야 한다. 필자를 찾아와서 작은 목소리로 "미안해."라고 했던 김찬오 학우에게 말이다. 필자도 1학년 8반이었고, 김찬오에게서 웃음과 목소리를 빼앗은 사람들 중의 하나였다. 우리 모두는 김찬오에게 견디기 어려운 폭력을 행사했고, 지난 일년 동안 김찬오 학우는 서서히 죽어 갔다.

같은 반인 우리는 모두 잘 기억하고 있을 것이다. 학기 초의 김찬오의 모습을. 김찬오는 행동이 느리고 말이 어눌했지만, 학교 생활에 적극적이었고 밝은 얼굴의 학우였다. 반 친구들과 어울리려고 노력했고, 얼굴을 환하게 펴며 잘 웃는 학생이었다. 이것이 필자의 주관적인 인상이라고 한다면 그건 어쩔 수 없다. 그러나 적어도 지난해 1학년 8반 학우들은 처음에는 김찬오가 큰 문제 없이 학교 생활을 해 나갔다는 점을 인정할 수는 있을 것이다.

문제는 하루하루 날이 지나면서 발생했다. 여기서 작년의 1학년 8반을 상기시키고 싶다. 성적뿐 아니라, 모든 영역에서 1등 반, 최고의 반이었다는 사실을 말이다. 그렇게 정상을 차지한 반, 모범적인 반에서 김찬오는 점점 짐이 되고 천덕꾸러기가 되어 갔다. 이 자리에서 그 반에서 있었던 일들을 자세하게 쓸 여유는 없고, 그걸 쓰고 싶지도 않다.

다만, 담임 강태준 선생님의 확고한 신념에 따라, 어깨동무를 한 자세로 수없이 받았던 그 집단 체벌만은 상기하지 않을 수가 없다. 키가 작고 몸이 통통한 김찬오는 그 체벌 때문에 너무나 괴로워했다. 그 자신도 그런 체벌을 받기가 괴로웠겠지만, 자신 때문에 옆 친구들이 받을 고통 때문에 더욱 괴로워했다.

날이 가고 달이 가면서 반 아이들은 김찬오를 소외시키고 제외시키기 시작했다. 김찬오 학우는 1학년 8반의 성공과 질주에 장애이고 부담일 수밖에 없었다. 2학기 내내 김찬오는 하루 종일 말 한마디 하지 못하고, 청소함 옆에 짐 꾸러미처럼 앉아 있었다. 누구도 김찬오에게 말 한마디, 눈길 한 번 건네지 않았던 것이다.

그 김찬오 학우는 미안하다는 말을 남기고 우리 곁을 떠났다. 도대체 누가 미안하다 해야 하는가? 그저 느리고 어눌했던 한 학우에게 무서운 폭력을 행사했던 그 1학년 8반인가, 아니면 그 폭력으로 말과 웃음을 빼앗기고, 청소함 옆에서 시들어 가던 학우인가?

필자의 개인적인, 그렇지만 결코 개인적인 느낌만은 아니라고 생각하는 한 깨달음으로 이 글을 마치려 한다.

찬오의 '미안하다'는 그 말은 사실은 '도와줘!'라는 말이 아니었을까. 힘들어서, 무서워서, 살고 싶어서, 제발 도와 달라는 외침이 아니었을까?

그런데 우리는 침묵했다.

아무도 대답하지 않았다!

무서운 통증

15

-공원 옆으로 나와. 사거리 쪽.

-왜?

-아무래도 집은 좀 그렇잖아. 할 말 있다면서.

-알았어.

-그쪽 담을 따라 포장마차가 쫙 있거든. 첫 번째 포장마차에서 기다린다.

형 동제는 대답을 듣지 않고 핸드폰을 끊었다. 형이 기다린다는 곳은 민제가 자전거를 타는 큰 공원 옆이다.

'힘들어. 이야기 좀 하자. 오늘 올 수 없어?'

오후에 형에게 메시지를 보냈다.

어젯밤 12시쯤 영우의 메일을 받았다. 영우는 마지막 기획특집을 써서, 평소 진행대로 금요일 밤까지 발송한 것이었다.

그걸 읽는데 얼굴이 활활 달아오르고 숨이 탁, 탁, 막혔다.

'영우는 이걸 어떻게든 올리려 할 것이다. 만약 이 글이 발표된다면……'

가슴이 부들부들 떨렸다. 영우는 결코 무사하지 못할 것이다.

영우는 1학년 8반이 찬오를 죽음으로 몰아 갔다고 쓰고 있었다. 그 1학년 8반의 중심에는 물론 강태준 선생이 있다. 영우는 강태준을 목표로 한 것이다.

'영우가 나 대신 글을 쓰고 무사하지 못하게 된다면…… 그럼 나는, 나는 어떻게 해야 하지?'

순간, 민제는 자신이 지독하게 이기적인 생각을 하고 있다는 것을 깨달았다. 영우가 아니라 자신을 염려하고 있었던 것이다. 머리로 뜨거운 피가 솟구치는 것 같았다.

'형편없는 자식! 이런 와중에도 나만 생각하고, 나한테 무슨 일이 없기만을 바라다니. 영우는 이렇게 용기 있게 찬오의 죽음에 대해 쓰는데. 넌 정말 형편없는 인간, 아니 인간 이하다!'

메일 화면을 멍청하게 바라보고 있는데, 눈앞이 어지럽게 흐려졌다. 자신이 부끄럽고 너무 한심하게 느껴져서 견디기 힘들었다.

오전을 내내 그런 감정 속에서 보냈다. 누구에게 속마음을 털어놓을 수도 없었다. 그런 말을 할 생각만 해도 얼굴이 뜨거워지는 느낌이었다.

민제는 학교에서 돌아와 오후 내내 잤다. 수학 과외도 내일로 미뤘다. 엄마에게는 몸살 기운이 있는 것 같다고 했다. 엄마는 걱정으로 안절부절못하면서 부랴부랴 마트에 가서 장을 봐와 인삼전복죽을 끓였다. 색깔과 향기는 좋았지만, 입이 써서 얼마 먹지 못했다.

문득 형 동제가 생각났다. 형에게라면 이야기를 할 수 있을 것 같았다. 이유를 딱 꼬집어 낼 수는 없었다. 하지만 형에게는 그 동안 벌어진 일을, 가슴을 짓누르는 것 같은 답답한 마음을 털어놓을 수 있을 것 같았다.

토요일이고 형의 학교가 있는 도시에서 여기까지는 한 시간 반 남짓 거리다. 곧 만날 수 있을 거라 생각하니 마음이 급해졌다.

민제가 문자를 보내자마자 형에게서 답이 왔다.

'알았다. 지금 잠깐 일 보는 중. 4시 조금 넘어서 출발 가능.'

저녁에 형은 버스 정류장에 도착했다면서 밖에서 만나자고 했다. 민제가 점퍼를 걸치고 나가려 하자 엄마는 눈을 동그랗게 떴다.

"감기 기운이 있다는 애가 어디 나간다는 거니?"

"형하고 잠깐 이야기하고 올게."

엄마는 어이가 없다는 듯 눈을 더 크게 떴다.

"뭐? 동제랑?"

민제는 고개를 끄덕였다.

"아니 그놈은, 왔으면 집으로 들어올 것이지 밖에서 왜 불러내. 지가 뭐라고. 당장 전화해, 들어오라고."

엄마는 형하고 통화를 하지 않는다. 형도 엄마에게 전화를 하지 않는다.

민제는 현관 쪽으로 걸어가며 고집을 실은 목소리로 말했다.

"형, 내가 오라고 했어. 이야기 좀 하고 같이 들어올게."

엄마는 한숨을 쉬었다.

"얘가 안 부리던 고집을 요즘 왜 부리고 그런다니. 금방 들어와."

"알았어."

"아, 참. 기다려!"

엄마가 소리쳤다. 운동화를 신으려던 민제는 멈춰 섰다.

민제 방으로 후닥닥 들어간 엄마는 긴 목도리를 들고 나왔다. 엄마가 귤색 털실로 짠 목도리였다. 엄마는 고개를 뺀 민제의 목에 목도리를 칭칭 감아 주었다.

"목에 바람 들어가면 안 돼."

"……."

"밤공기는 더 찬데……."

민제는 등뒤로 현관문을 닫아 엄마의 걱정스런 목소리를 잘라 냈다.

단지 앞 횡단보도를 건너 공원 입구에서 담을 끼고 오른쪽으로 돌았다. 5분 정도 걸어가니까, 불을 환하게 밝힌 포장마차들이 늘어서 있는 것이 보였다.

민제는 첫 번째 포장마차의 비닐 출입구를 들치고 들어섰다. 포장마차 안의 풍경은 드라마나 영화에서 흔히 보는 것과 비슷했다. 백열 전구 아래 갖가지 안주가 쌓여 있고, 그 뒤에 40대로 보이는 아주머니가 서 있었다. 탁자는 네 개였는데 다른 손님은 없었다.

안쪽 탁자에 형 동제가 등을 보이고 앉아 있었다.

민제는 형에게 걸어갔다.

"어, 왔냐. 앉아."

탁자 위에는 어묵 그릇과 소주 한 병이 놓여 있었다.

민제는 형 건너편에 앉았다.

"아직 안주 안 시켰는데 뭐 좀 먹을래? 밥은?"

"뭐, 그냥……."

"소주 한잔 어때?"

형이 민제의 얼굴을 보며 물었다.

"……."

"아, 참. 안 되겠다. 너한테 술 먹였다가는 나 엄마한테 사망이다. 우리 착한 모범생 민제를 형이 망쳐서는 안 되지. 넌 건전한 음료수 사이다나 먹어라."

언제부터인가 형은 이죽거리는 말버릇이 생겼다. 재수하면서부터일 것이다. 본인은 그냥 대학을 안 갔으니 재수는 아니라 하지만.

민제는 말대꾸를 하지 않았다. 형은 사이다 한 병을 주문했다.

"그런데, 오늘 나 좀 놀랐다. 아니, 좀 놀란 정도가 아니라 충분히 놀랐다. 학업에 불철주야 정진하고 있는 줄 알았는데, 이 불량 형과 이야기를 하겠다니. 참, 너 나 만난다고 엄마한테 말하고 나온 거냐?"

"응."

"어렵쇼. 엄마가 나가래?"

"아니. 말하고 그냥 나왔어."

형이 민제의 얼굴을 들여다보았다.

"너 무슨 일이 있기는 있나 보구나. 엄마 말도 안 듣고 이렇게 나오고."

형의 말을 듣고 있으려니 평소 답답하게 생각했던 것이 불쑥 튀어나왔다.

"엄마한테 왜 그래? 형 잘한 거 없잖아."

형이 씩 웃었다.

"언제 내가 잘했다고 했냐."

"그럼 형이 먼저 엄마 마음을 풀어 줘야지."

형이 소주잔을 들어 단숨에 털어 넣었다.

"니가 형 같다 야. 푼다고 다 풀리냐. 이것 하나만 알아 둬라. 나도 너 못지않게, 아니 어쩌면 너보다 더 엄마 생각한다는 거."

형의 말에 불쑥 반감이 치밀었다. 그 날의 거실 풍경이 눈앞을 스치고 지나갔다. 눈물, 콧물로 범벅된 엄마의 얼굴도.

"형은 자기 멋대로 했잖아."

형은 민제의 말에는 아랑곳없이 말을 이었다.

"그리고 미워하기도 하지. 애증의 이중주. 어둠이 깊으면 빛도 더 환하게 보이나니. 참, 지금 너 뭐라고 했지? 내가 멋대로 했다고? 멋대로 한 것은 아니고, 그냥 그럴 수밖에 없었다고 해야 될 것 같다."

"형한테 쏟은 엄마 정성을 생각하면 그럴 수 없는 거야. 미리 한마디 말도 없이."

형이 남은 술을 잔에 붓고 한 병을 더 주문했다.

"말? 무슨 말? 지금도 할 수 없는데. 듣지도 않을 말을 어떻게 한다는 거냐? 야, 그만두자. 너 나 심문하려고 부른 거 아니잖아. 분명 네 이야기일 건데. 그렇지?"

형은 민제의 눈을 들여다보았다. 민제는 고개를 끄덕인 뒤 사이다를 마셨다. 미적지근했다.

어디서부터 이야기를 해야 할지 실마리를 잡을 수 없었다.

"무슨 일인데 그러냐? 이민제가 여자 친구 문제로 고민한다면 기적 같은 일이고. 너 기자 한다는 학교 인터넷 신문? 거기서 무슨 일 생겼어?"

비밀 서랍이 확 열려 버린 느낌이었다.

"어떻게 알았어?"

형이 씩 웃은 다음, 소주를 마시고 말했다.

"야, 이민제. 너도 곤란한 종류의 범생이다. 요즘은 공부도 잘하고 이것저것 안 빠지는 진화한 범생이 종이 주류야. 넌 어째 구태의연한 답답이 종을 못 벗어나냐. 하기야 한때 나도 그랬으니 할 말은 없다만. 생각해 봐. 시계추처럼 집과 학교를 왕복하며 열심히 대입 프로그램을 완전성실 실행하는 너 같은 범생이가 무슨 다른 일이 있겠어. 너한테 좀 특별한 점이 있다면 그 인터넷 신문인가 하는 것이겠지."

"생각 많이 하고 사네."

민제는 좀 비꼬는 목소리로 말했다. 형이 비꼬는 목소리를 받았다.

"범생이로 살았으면 그냥 살 수 있을 건데. 그 안전한 길에서 벗어났으니 생각 많이 해야지. 살아가려면 말이야. 세상 만만한 거 아니니까. 내 살 걱정은 내가 한다. 자, 지금은 네 걱정을 들어야 할 때인 것 같은데."

민제는 갈증을 느끼며 남은 사이다를 마셨다. 미적지근한 사이다로는 갈증이 가시지 않을 것 같았다. 민제는 빈 사이다 잔을 내려다보았다.

형이 민제의 마음을 들여다본 것처럼 불쑥 말했다.

"정말 소주 한잔 할래? 마셔 봤지? 아무리 범생이지만 명색이 기잔데."

민제는 고개를 끄덕였다.

편집 기자들과 서용현 선생님 원룸에서 몇 번 술을 마신 적이 있었다. 선생님은 도를 넘지 않을 수준에서 부드럽게 통제하며 술자리를 수습하고는 했다. 영우와도 두어 차례 마셔 본 적이 있다. 편집실에 숨어서 마시는 아이들도 있는 것 같았지만, 민제는 거기까지 나가지는 않았다. 별로 입에 당기지도 않았고, 특히 소주는 써서 싫었다.

하지만 지금은 형이 마시는 소주를 마시고 싶었다.

주인 아주머니를 흘낏 본 형이 "넌 이제부터 재수생이다."라고 낮은 목소리로 말한 뒤 소리를 높였다.

"여기 소주 한 병 더 주세요. 닭발 한 접시하고요."

소주가 먼저 오고 형이 민제의 잔에 따랐다.

"이 형님이 발바닥 부르트게 알바해서 번 피 같은 돈으로 한턱 쏜다. 형 노릇하기 쉽지 않구먼. 동생 고민 들으려고 술까지 사야 하니."

민제는 아무 말 없이 잔을 들어 입으로 가져갔다. 전에 마셨을 때와 달리 소주가 그렇게 쓰지 않고 순하게 느껴졌다. 민제는 끝까지 들이켰다. 목에서 배까지 차고 짜릿한 감각이 선명하게 흐르는 것이 느껴졌다.

형이 약간 놀란 목소리로 말했다.

"야, 천천히 마셔. 취한다. 취하라는 것이 아니고 이야기 편하게 하라고 한 잔 마시란 거야."

형이 잔을 채워 주었다. 민제는 다시 약간만 남기고 마셨다.

이번에는 뜨거운 불이 지나가는 느낌이었다. 그 열기가 서서히 몸 전체로 퍼지고 있었다.

민제가 입을 열었다.

"사실은, 사실은 내가 너무 비겁한 놈인 것 같아서, 너무 형편없는 인간인 것 같아 참기 힘들어서……."

형이 소주잔을 든 채 민제의 얼굴을 물끄러미 바라보았다.

"그래서 형한테 연락한 거야, 너무 답답해서……."

민제가 잔에 남은 술을 비웠다.

형이 술을 절반만 채워 주며 말했다.

"이 잔부터는 정말, 아주 조금씩 마시는 거다. 안주도 먹고. 이러다간 이야기도 못 하고 뻗어."

"알았어. 다 채워."

민제는 잔을 들었다. 형이 픽 웃었다.

"어쭈 이 자식, 제법인데."

형은 잔을 채워 주고 병을 내려놓았다.

"자, 처음부터 말해 봐. 구체적으로 무슨 일인지 이야기해 보란 말이야. 뭘 알아야 대화가 되는 것 아니겠냐. 처음부터 차근차근."

"그래, 알았어. 그렇게. 사실은 얼마 전에……."

민제는 찬오의 자살 사건부터 이야기를 해 나갔다. 자살 이야기를 들은 형이 놀라서 입을 벌렸다.

"그런 일이 있었냐. 뉴스로만 보고 듣는 일이 벌어졌네. 우리 학교에서 후배가 자살을 했는데 몰랐다니……."

형은 민제네 학교 선배다. 민제랑 학년 차이가 3년이 나서 같이 다닌 적은 없지만.

민제는 그 이후 벌어진 일을 이야기했다. 형 말대로, 될 수 있으면 구체적으로 차근차근 이야기하려고 노력했다.

이야기를 다 듣고 난 형은 한참 동안 묵묵히 탁자를 내려다보았다. 그 사이에 소주잔을 몇 번 입에 가져갔을 뿐이었다.

민제도 두 잔을 비웠다.

이윽고 고개를 든 형이 입을 열었다.

"그래서 넌 어떻게 하고 싶은데?"

"모르겠어."

민제는 크게 고개를 흔들었다. 정말 어떻게 하면 좋을지 알 수 없었다.

영우에게 그 글을 올리지 말라고 할 수도 없었다. 민제가 무슨 말을 한다고 영우가 들어줄 것 같지도 않았지만 그런 말은 할 수 없었다.

영우의 글은, 할 수만 있다면 민제가 쓰고 싶은 글이었다.

그랬다. 그 대단한 1학년 8반 담임 강태준과 아이들이 찬오를 죽음으로 몰고 간 것이다. 작년에 이미 찬오는 삶에서 밀려나고 있었다. 1학년 8반이, 강태준과 아이들이, 민제 자신도 함께, 19층 아파트의 창문 앞까지 등을 떠민 것이다. 민제도 그걸 잘 알고 있다. 자신을 속일 수는 없는 일이다.

민제를 물끄러미 보던 형이 입을 열었다.

"그럼, 그냥 가만히 있어."

"뭐라고?"

"그러고 있으면 시간이 해결해 주겠지. 넌 그냥 지금처럼 열심히 공부하고, 학교 다니면서 계획대로 생활해. 그러면 되잖아."

민제의 얼굴로 뜨거운 열기가 치솟았다.

"그걸 지금 말이라고 하는 거야? 영우가 쓴 글은 진실이라고! 작년 1학년 8반 아이들은 그걸 다 알아. 영우가 대표로 쓴 셈이야. 내가 써야 할 글을 영우가 썼는데, 영우는 나하고 제일 친한 친군데, 그냥 있으라고! 그래, 찬오는 우리가 그렇게 했어. 그걸 알고 있는데 가만히 있으란 말이야?"

민제의 말을 묵묵히 듣고 있던 형이 자기 잔에 술을 채웠다.

포장을 들치고 젊은 남자와 여자가 들어와 뒤쪽에 앉았다.

술을 한 모금 마신 형이 입을 열었다.

"참을 수 있을 때까지 참아 봐야지."

"자꾸 생각이 나는데, 머릿속이 그런 생각으로 꽉 차는데 어떻게 참고만 있으란 말이야?"

"가만히 있을 수 없을 것 같아? 어쩔 수 없을 것 같냔 말이야."

"지금 어떻게 가만히 있어? 어떻게 그냥 있을 수 있냐고?"

잠시 말을 멈추었던 형이 고개를 끄덕이며 말했다.

"그럼 너를 잘 들여다봐. 어떻게 하면 좋을지 스스로 답이 나올 때까지."

"……."

"답이 보이면, 그 답을 따라서 행동할 수밖에 없는 것 아니냐. 스스로 결정한 것을 해. 그럴 수밖에 없다면 말이다."

형의 말에, 민제는 뭔가 욱, 치밀어 오르는 것을 느꼈다.

'스스로 결정한 것을 해? 내가? 내가 그럴 수나 있다고 생각하는 건가.'

"뭐라고!"

민제의 목소리가 튀어 올랐다.

형은 침착한 눈길로 민제를 바라보았다.

"너 자신이 무엇이 하고 싶은지, 어떻게 할 것인지 판단하고 그렇게 행동하란 말이야. 물론 쉽지는 않겠지만. 그럴 수밖에 없으면 어쩔 수가 없잖아."

'그래, 너 잘 났다. 그래서 네 멋대로 판단하고 행동해서 집안을 온통 뒤집어 놓았구나. 엄마를 엄청난 고통과 절망에 빠뜨리고, 아빠 얼굴에서 웃음을 싹 지워 버리고…….'

민제는 끓어오르는 반감을 참기 힘들었다.

"내가 마음대로 하면? 영우처럼 그런 글을 써서 올리고, 학교에서 징계 때리면 징계 먹고, 더러우면 때려치우고, 누구처럼 대학 안 간다고 선언해서 집안 완전히 뒤집어 놓고, 그러면 되는 거야? 그렇게 내 멋대로 하면 되는 거냐고?"

날카로운 민제의 목소리를 묵묵히 듣고 있던 형이 한마디 대꾸했다.

"내가 멋대로 한 건 없다. 그럴 수밖에 없어서였지."

"도대체 뭐가 그렇게 대단해서 그랬어? 이유나 좀 들어 보자고. 그 대단한 이유나 좀 들어 보자고."

소주잔을 들어 올리는 민제의 손을 형이 잡았다.

"그만 마셔. 너 많이 마셨어."

"됐어!"

민제는 형의 손을 뿌리쳤다. 그 서슬에 술이 반 이상 탁자에 쏟아졌다. 민제는 남은 술을 털어 넣었다. 그저 물 같고 전혀 쓰지 않았다.

민제를 물끄러미 바라보던 형이 한숨을 내쉬더니 입을 열었다.

"그래, 말할 테니까. 술은 그만 마시고 들어 봐라."

"……."

"내가 대학을 안 가겠다는 말을 한 것이 1학기 기말고사가 끝난 날이었지."

물론 민제는 그 날을 잘 기억하고 있다.

형은 나직한 목소리로 말을 이었다.

"기말고사가 시작되기 얼마 전에 개봉한 외국 영화가 있었어. 잡지에서 영화 광고를 봤어. 우리 반에 영화과 간다는 영화광이 있었거든. 그 녀석이 가져온 것이지. 광고 한 페이지 전부

를 눈이 큰 여배우 얼굴이 차지하고 있었어. 그 여배우를 딱 보
는데, 이상하게 여배우와 눈이 마주치는 것 같았어. 그 눈이 가
만히 나를 들여다보는 것 같았지. 지금은 그게 누구였는지 생
각나지도 않아. 하지만 난 그 순간 이 영화를 꼭 봐야겠다고 결
심했어. 무슨 일이 있어도 이 여배우를 화면에서 봐야겠다고
말이야. 고교생 관람 불가도 아니었으니까.

　하지만 기말고사가 얼마 남지 않았던 때였고 시험 준비에
쫓겨 내일, 내일, 내일, 하다가 시험이 닥치고 말았어. 5일 동
안 시험을 보는데 사흘째 되던 날 알게 되었지. 영화광 녀석이
알려 주더라. 영화가 그 전날 끝났다고 말이야. 그 말을 듣고
있는데 너무 이상했어. 뭔가 내 속에서 알맹이 같은 것이 스르
르 빠져나가 버리는 것 같은 거야."

　민제는 참지 못하고 형의 말을 끊었다.

　"그럼, 그 광고로 본 여자, 눈이 크다는 그 여배우 때문에 대
학을 때려치운다고 선언한 거야? 영화 한 편 때문에 그 대단
한 의대를 포기한 거냐고! 우리 아들 의사 된다고 그 때까지
엄마가 얼마나 떠받들어 모셨는지 몰라서 그래! 도대체 그게
무슨 개똥 같은 소리야!"

　민제는 혀가 약간 제대로 돌아가지 않는 것을 느꼈다. 형이
픽, 코웃음을 쳤다.

　"명색이 신문기자라는 놈이 그렇게 맥락을 못 짚냐. 개똥 같
은 소린지 소똥 같은 소린지 일단 들어나 봐."

포장마차 입구 쪽이 떠들썩하더니 중년 남자 셋이 들어와서 민제네 옆자리에 앉았다. 양복에 넥타이를 맨 그들은 민제와 형을 훑어보고 혀를 찼다.

"그래, 계속해 보시지."

"시험 때문에 정말 꼭 보고 싶은 영화를 볼 수가 없었던 거지. 극장에서 그 영화는 끝나 버린 거야. 그걸 안 순간 이상하게 머리가 무엇으로 강하게 얻어맞은 것 같았어. 그런 충격 속에서 깨달았지. 짧은 순간이지만, 맥락은 분명했어. 물론 정리는 나중에 차차 되었지만."

"……?"

"이런 거다. 고등학교 때는 의대라는 치열한 입시를 통과하기 위해서, 의대 들어가서는 또 살벌하다는 학점 경쟁 때문에, 그렇게 해서 의사 되고서는 또 아파트랑 차 같은 것 때문에, 그것 있으면 아마 또 병원이나 뭐 그런 것 때문에, 그렇게 계속 그 무엇 때문에 살고 현재의 나는 없을 거라는 생각. 현재의 나는 텅 비어 있다는 생각. 뭔가 심각하게 잘못되고 있다는 생각. 이래서는 안 된다는 생각……."

민제가 손을 내저었다. 마음속에서는 여전히 형에 대한 반감이 꿈틀거리고 있었다.

"다 그렇게 사는 거 아냐? 나중에 제대로 살기 위해서, 미래를 위해서, 지금 힘들게 공부하고 참고 고생하는 거 아니야? 누군 지금 이렇게 살고 싶어서 그러냐고. 나 죽은 셈 친다 하고 머리 박고 공부하는 애들, 다 그걸 알아. 형은 그것도 몰라? 전체 1, 2등을 다퉜다는 인간이 대가리가 뭐 이 모양이야?"

형이 <u>호호호</u> 웃었다.

"이 자식, 이거 술 한잔 마시더니 귀엽네. 말도 곧잘 하고. 내 이야기 좀 더 들어 봐. 네가 물었으니까."

"그래, 알았어. 방해 않을 테니까 계속하라고."

"네 이야기 잘 알아. 나중에 잘 살기 위해서, 나중에 행복하게 살기 위해서, 지금 참고 공부해라, 오직 공부가 나중의 행복을 보장하는 길이다. 그런 소리, 말 그대로 정말 귀에 못이 박일 정도로 수백 번, 수천 번 들었으니까. 너도 마찬가지겠지만. 그런데 말이다. 지금 행복하게 사는 법을 배우지 못한 아이들이, 계속 어른이 될 때까지 오직 나중을 위해서만 살고 행복하게 사는 법은 배우지 못한 사람들이, 정말 나중에는 행복하게 살 수 있을까? 그 나중이 되어서도 또 그 다음 나중을 위해서 무언가를 계속 허겁지겁 채우려는 거 아니야? 많이 가지면 가질수록 온갖 추태를 부리며 더 끌어모으려는, 우리 사회의 기름기 번지르르한 꼰대들 꼴이 그거 아니겠어? 그러니까, 나중을 위해서 오늘을 유보하면, 그 나중이 또 나중이 되고, 영원히 진짜 사는 삶은 없는 것 아니냐? 그렇게 오늘은 없이, 그냥 텅 빈 채로 살다가 죽음으로 끝나는 것 아니야?"

"형이야말로 말 잘하네."

"수없이 생각하고 생각했으니까. 그 때는 뭐 이렇게 생각을 정리해서 그런 행동을 한 것은 아니다. 그냥, 그 사실을 알고 난 다음 날, 그러니까 꼭 봐야겠다고 결심한 영화가 이미 끝났다는 사실 말이야, 그 다음 날 시험을 보는데 가슴이 답답해 미치겠더라고. 교복이 질긴 가죽옷처럼 온몸을 조여 오는 것 같았어. 정말 숨이 막힐 것 같았어. 이를 악물고 참았지. 어떻게든 참고 버티려고 했어. 겨우 견뎠지. 그 다음 날, 기말고사 마지막 날 말이야, 세 과목이었어. 첫 시간 생물, 둘째 수학, 마지막 화학. 첫 시간부터 또 온몸이 조여드는 것 같았어. 가죽옷이 철갑옷이 돼 버린 것 같았지. 그래도 참으려고 했어. 나도 잘 알고 있었지. 나중에 잘 살기 위해서, 그래서 엄마 아빠 기쁘게 하고, 성공한 인생 되기 위해서 어떻게 해야 하는지 말이야. 2교시 수학 시간에는 온몸에 진땀이 돋아나는 거야. 겨우 시험을 끝냈는데 눈앞이 노랗게 변했어. 더 이상 교실에 앉아 있다가는 내가 미쳐 버릴 것 같았어. 정말 돌아 버릴 것 같았어. 어쩔 수 없게 된 거야. 그래서 교실을 뛰쳐나온 거지."

30대 직장인으로 보이는 남자들이 우르르 한 떼 들어왔다. 그들은 이미 상당히 마신 듯 포장마차 안이 왁자지껄 소란스러워졌다. 하나 남은 테이블로는 자리가 부족했다.

"우선 이리 앉으세요."

주인 아주머니가 민제네 테이블의 남은 의자를 가져가며 나직이 말했다.

"어린 학생들 같은데 그만 먹고 들어가지."

주위를 둘러본 형이 일어났다.

"야, 자리 비켜 줘야 할 것 같다. 가자."

민제도 일어섰다. 몸이 휘청 흔들렸다. 민제는 꺾이려는 다리에 힘을 줘서 걸음을 옮겼다.

민제는 포장마차 밖에서 기다렸다. 계산을 끝내고 나온 형이 민제와 어깨동무를 했다.

"야, 동생하고 술 한잔 하니까 기분 좋은데. 지금 이런 순간이 진짜 사는 거다."

민제는 형의 팔을 거친 동작으로 풀어냈다. 아직 하지 못한 말들이 마음속에서 들끓고 있었다.

"그래서 형 마음대로 판단하고 결정했는데, 행복해? 그 아트 조명관인가 뭔가 다니면서 잘 살고 있어? 예술적으로 조명 쏘면서 진짜로 살고 있냐고?"

형이 멈칫했다.

"그럴 수밖에 없었다고 했잖아. 어쩔 수가 없었다고. 사는 게 쉬운 것이 어디 있냐."

민제는 울컥 치밀어 오르는 욕지기를 누르며 소리쳤다.

"뭐가 그리 대단하다고 그랬어? 좀 더 참지 그랬냐고. 형이 참았어야 되는 거 아니야? 나보다 훨씬 공부 잘한 진짜 모범생 이동제가 참아 줬어야 하는 거 아니냐고!"

엄마의 얼굴이 눈앞을 채웠다. 비명을 지르며 고통스럽게 울부짖는 얼굴이었다. 그 얼굴이 가슴을 짓누르는 것 같았다.

"형이 좀 참아 줬으면 내가 이렇지 않을 거 아냐. 진짜 모범생이 해 줬어야지. 왜 나를 이렇게 숨막히는 데로 밀어 넣었냐고!"

민제는 가슴을 짓누르는 엄마의 얼굴을 힘껏 뿌리치기라도 하듯 형의 가슴팍을 후려쳤다. 형이 휘청 뒤로 물러났다. 겨우 몸을 가눈 형에게 민제는 사납게 달려들어 주먹을 휘둘렀다. 형은 두 팔로 얼굴을 가린 채, 휘청거리면서도 버티고 서 있었다.

제풀에 지친 민제가 헐떡거리며 소리쳤다.

"형만 제대로 대학 가고 엄마 희망 꺾지 않았으면, 아빠 어깨 펴게 해 줬으면, 나 이렇지 않을 거 아니야. 나도 숨 좀 쉴 수 있을 거 아니냔 말이야!"

형이 비틀거리는 민제의 어깨를 잡고 말했다.

"그래, 미안하다. 네가 내 무게까지 덮어쓴 것 같아서. 하지만 너, 나 대신 아니다. 될 수도 없어. 너는 네가 원하는 것을 해. 남 핑계 대지 말고."

"뭐라고!"

'어떻게 내가 내 마음대로, 내가 원하는 것을 할 수 있단 말이야!'

분노가 확 피어오르는 불처럼 가슴을 치받고 올라왔다. 동시에 구토가 솟아올랐다. 민제는 앞으로 고꾸라져 공원의 철책 담을 붙잡고 토하기 시작했다. 다가온 형이 주먹으로 등을 쳐 주었다.

민제는 찌꺼기를 몇 번이나 뱉어 내고 옆의 바위에 주저앉았다. 형이 포장마차에서 휴지와 쓰레받기를 얻어 왔다. 휴지를 민제의 손에 쥐여 주고, 쓰레받기로 공원의 흙을 긁어서 민제가 쏟아 놓은 토사물을 덮었다.

민제는 형이 허리를 숙이고 열심히 흙을 그러모아 토사물을 덮는 것을 보았다. 그런 형의 모습을 보고 있으니까 엄마가 얼마나 형을 사랑하고 기대했던가 하는 생각이 떠올랐다. 그 사랑과 기대가 무참히 배반당했다고 생각하는 엄마는 이제 민제에게 온갖 정성을 쏟고 있는 것이다.

엄마의 얼굴이 다시 눈앞을 가득 채웠다.

'아, 엄마. 엄마!'

그 순간, 참을 수 없는 미움이, 증오라고까지 말할 수 있는 그런 미움의 감정이 솟구쳤다. 당황한 민제는, 돌멩이로 거세게 얻어맞은 것처럼 가슴을 움켜쥐었다.

엄마에 대해 그런 감정이 솟구쳤다는 사실이 참을 수 없이 고통스러웠다. 엄마에 대한 증오의 감정과 사랑의 감정 사이에서 민제는 가슴이 찢기는 듯한 무서운 고통을 느꼈다.

갑자기 터져 나온 눈물이 민제의 눈앞을 부옇게 가려 버렸다.

세상은 성공한 자의 것이다

형광등 빛이 하얗게 반사되는 복도는 텅 빈 동굴처럼 고요하다. 교사 강태준은 오른손에 든 정신봉(아이들은 칼이라 부르는)으로 완만한 곡선의 타원형을 그리며 복도를 걸어간다. 쿠션이 좋은 슬리퍼라서 거의 소리가 나지 않는다.

창으로 들여다보는 교실 안도 복도처럼 조용하다. 가로세로로 정연하게 줄을 맞춘 아이들은 석상처럼 앉아 있다. 아이들도 오늘 야자 감독이 누구인지 잘 알고 있을 것이다.

그는 3층에서 1층 왼쪽 끝 복도까지 한 바퀴 돈 다음 교무실로 들어갔다.

교무실 안에는 2학년 국어를 담당하는 유 선생만 안쪽 귀퉁이 자리에 앉아 있다. 유 선생은 열심히 모니터를 들여다보고 있다. 시간만 나면 열중하는 고스톱 화면일 것이다. 교감에게 몇 번 주의를 받고는 정상 근무 시간에는 좀 눈치를 보는 것 같다. 하지만 야자 감독을 할 때는 교실을 둘러보는 둥 마는 둥 하고 컴퓨터 앞에 붙어 있다.

'저런 한심한 작자가 교사라고……'

그는 안쪽 자기 자리로 가면서 입속으로 중얼거렸다. 화면 속으로 빨려들어 갈 듯한 유 선생의 상체를 흘깃 본 그는 혐오감을 누르기 힘들었다.

자리에 앉은 그는 반사적으로 오른쪽 두 번째 서랍을 열었다. 전에 담배가 들어 있던 서랍이다. 물론 끊은 지 일년이 넘었으므로 지금은 담배나 라이터는 없다. 아주 가끔씩, 그런 사실을 잊고 습관적으로 서랍을 열곤 한다.

그는 갈증과 같은 흡연 욕구를 서둘러 끄듯이, 책꽂이 앞의 비타민 병 음료 마개를 땄다.

음료수를 마시느라 뒤로 꺾었던 머리를 내리는데 유 선생이 두 팔을 번쩍 들며 '야하!' 하고 환호하는 것이 보였다. 아마 점수를 크게 낸 모양이다. 그는 탁, 소리가 나게 병을 책상에 내려놓았다. 유 선생은 그의 기척을 눈치채지 못하고 다시 화면에 몰두하기 시작했다.

그는 유 선생과 같은 부류의 교사들을 경멸한다. 책임감이 없는 자들. 봉급이나 받아먹고 적당히 시간이나 때우려는 식충이 같은 인간들. 교육에 대한 아무 소신이 없는 무능력한 교사들. 교사의 상당 부분을 차지하는 저런 쓸모없는 자들 때문에 학교가 질 낮은 입시 학원쯤으로 전락했다고 그는 생각하고 있다.

그도 아이들이 자기를 뭐라고 부르는지 잘 알고 있다.

1, 2학년들은 주로 '사무라이 강'이나 '독사'고, 3학년이 되면 '추진 로켓'으로 바뀐다. 흔히 부정적인 교사 별명의 대표격인 '미친 개'는 그의 별명이 아니다. 아이들도 잘 알고 있다. 그는 미친 개처럼 흥분해서 날뛰지 않는다는 것을 말이다. 그는 냉정하게 자신의 소신과 신념에 따라, 그리고 자신의 경험이 빚은 효율적인 방법에 따라 아이들을 교육하고 지도할 뿐이라고 믿고 있다.

1, 2학년이 부르는 별명은, 그가 정신봉으로 문제가 있는 아이들을 날카롭게 지적하고, 한번 걸리면 마치 독사에 물린 것처럼 정신이 번쩍 드는 경험을 안겨 준다고 해서 생겼을 것이다.

3학년이 부르는 '추진 로켓'은, 그가 결정적으로 아이들에게 어떤 역할을 하는지 잘 말해 주는 것이라고 그는 생각한다. 추진 로켓이란 그런 것 아닌가. 본 로켓을 힘차게 추진하여 대기권을 돌파할 수 있도록 하는 로켓. 본체가 저 광활한 우주 공간으로 날아가면 그 자신은 장렬하게 뒤로 떨어져 나와 역할을 끝내는 로켓. 그 추진 로켓이란 별명을 그는 좋아한다.

아이들이 대학입시란 대기권을 돌파하여 대학과 그에 이어지는 사회로 가는 행로에 추진 로켓이 되는 것, 그것이 자신이 교사로서 해야 할 역할이고 사명이라고 그는 믿고 있다. 그리고 그런 역할과 사명을 성공적으로 수행해 왔다고 자부한다. 최상위권 성적의 아이들을 대상으로 하는 3학년 여름방학의 국사 특강에 아이들이 몰려드는 것은 그 구체적인 증거 중 하나일 터였다.

1, 2학년 때 뒤에서 그를 욕하던 아이들도 3학년이 되면 달라진다. 그리고 졸업을 코앞에 두고서는 그의 그런 역할과 사명을 이해하게 되는 것이다. 물론 대학과 사회에서 성공적인 행로를 밟고 있는 졸업생들은 그의 소신과 신념을 더욱 잘 이해할 거라고 그는 믿는다.

그는 자신의 제자들을 이 사회에서 성공하는 사람이 되게 하고 싶다. 그것이 일관된 그의 교육 철학이라고 할 수 있다.

이 세상이 얼마나 잔인한지를 그는 잘 알고 있다.

세상은 성공한 자의 것이다! 실패자는 돌아보지도 않는다.

성공의 기억은 달콤한 추억이 되지만, 실패의 기억은 쓰라린 고통으로 남을 뿐이다. 그는 자신의 제자들을 실패자가 아니라 성공한 자로 만들고 싶다. 자신이 맡은 반, 자신이 맡은 과목, 자신의 학교 아이들 모두 대입에서 좋은 성적을 내고 사회에서 성공한 사람이 되는 것, 그것이 그가 세운 스스로의 교육 목표이다.

물론 자신이 맡은 학생 모두가 일류대를 가고, 성공할 수는 없다. 그러나 일류대를 보낼 수 있는 놈은 일류대를 보내고, 성공할 수 있는 놈은 성공할 수 있도록 뒤에서 힘차게 밀어야 한다. 그것이 교사의 역할이라고 그는 믿는 것이다. 뒤늦게라도 그걸 깨달은 놈들은 졸업 후에 전화를 걸어오고, 스승의 날 같은 때 찾아와서 고마움을 표한다.

그는 유 선생처럼 있으나마나한 교사가 되지 않기 위해서 엄청 노력해 왔다.

교직 생활 3년이 지나자 그에게도 권태가 몰려들었다. 새롭게 공부할 것도 도전할 것도 없을 것 같았다. 뒤에 생각해 보니 그것이 위기였다. 별 생각 없이 그대로 살았으면 그도 나태한 타성에 젖은 교사 중 하나가 되었을 것이다.

그는 자신을 다잡아 새로운 목표를 세웠다. 자신이 담임을 맡는 반 아이들부터 다르게 만들 결심을 했다. 그리고 자신이 맡는 과목을 특별하게 만들 계획을 세웠다. 그는 생각하고 연구했다. 주변 교사들은 그의 반이 항상 1등을 하는 것에 놀라지만, 그것이 얼마나 많은 생각과 연구를 바탕으로 노력한 결과인지는 깊이 들여다보려고 하지 않는다.

그 피나는 노력을 바탕으로 10년 이상, 그가 맡은 반이 최고가 되고 그의 특강에 아이들이 몰려든 것이다.

"에이!"

유 선생이 아쉽다는 듯 긴 탄식을 뱉어 낸다. 아마 고를 했다가 피박이라도 뒤집어쓴 모양이다. 유 선생이 두 손으로 머리를 마구 헝클어뜨린다. 무척이나 아쉬운 모양이다. 뒷머리가 까치집처럼 일어서 있다. 생각할수록 한심한 인간이다.

하지만 저 유 선생과 같은 교사들은 생각해 보면 크게 문제가 되는 부류는 아니다. 그저 적당히 자신의 자리나 지키고 있으니까 유능한 교장이나 교감, 그리고 뛰어난 능력을 발휘하는 교사들이 있으면 별 장애가 되지는 않는다.

문제는 서용현 선생처럼 방향이 잘못된 교사, 그러면서 나름대로 고집과 열의가 있는 교사이다. 그도 서용현 선생이 요즘 젊은 교사로서는 드물게 소신을 갖고 열심히 하려는 교사라는 것은 인정한다. 그러나 목적과 방향은 전혀 아니라고 판단한다. 아니, 교육계의 선배로서 확신하고 있다. 서용현 선생은 아이들을 잘못 이끌고 있다.

그는 텔레비전 교육 관계 토론 프로그램은 되도록 챙겨 본다. 늘 새로운 이야기가 나오는 것은 아니지만, 귀담아들을 만한 이야기는 가끔 나온다. 그런 프로그램의 출연자 중에 그가 정말 혐오하는 부류의 인간들이 있다. 창의성, 개성, 자발성 따위를 들먹이는 자들이다. 그런 자들은 현행 학교 교육의 문제점을 신랄하게 비판하고, 인간적인 교육, 열린 교육, 대안 교육, 어쩌고저쩌고 떠들어 댄다. 대개 교수나 문화계 인사, 고위 관료와 정치인 등 소위 사회 지도층 인사들이다. 그런데 그런 자들이야말로 제 자식은 고액 과외로 일류대 못 밀어 넣어 안달을 하지 않던가.

그는 서용현 선생도 별다를 바가 없다고 생각한다. 인터넷 신문이네 뭐네 해서 아이들에게 괜히 엉뚱한 바람을 불어넣고 있는 것이다. 그 아이들이 대학 입시에 실패하기라도 하면 자신이 책임질 수 있는가. 교사로서 그건 무책임한 행위라는 생각이다.

아이들은 항상 당장 코앞에 닥친 시험에 매여 산다. 어쩔 수 없는 일이다. 인간 세상에, 이 사회에 경쟁이 없을 수 없다. 현실이 그렇다면, 경쟁을 피할 수 없다면, 아이들이 경쟁에서 승리할 수 있도록 해 줘야 한다. 성공하게 만들어야 한다. 그것이 교사의 역할과 책임이 아닌가.

그는 다시 두 번째 서랍을 열었다가 자신의 행동을 의식하고 닫았다. 손가락이 허전하게 느껴졌다. 그는 남은 비타민 음료를 마셨다.

작년 1학년 8반이라고 해서 그는 별다르게 하지 않았다고 생각한다. 그 전해나 전전해의 1학년처럼, 아이들을 긴장시켜서 빨리 고등학교에 적응하게 만들려고 했다. 여러 중학교에서 온 아이들이니 처음 한두 달 사이에 분위기를 못 잡으면 일년 내내 수업 분위기가 엉망이 되기 쉽다. 1학년 전체에서 그런 반이 해마다 한둘씩은 나온다. 가능한 대로 빨리, 1, 2주일 내로 분위기를 다잡는 것이 효과적이다.

김찬오와 같은 아이는, 그로서도 예상할 수 없는 경우였다.

그도 김찬오가 자살했다는 말을 들었을 때는 충격을 받았다. 그로서는 최선을 다해 김찬오를 학교 생활에 적응시키려고 노력했다고 생각한다. 느린 말과 동작을 교정하고 정상적인 생활을 하게 해 보려고 한 학기 동안 특별히 신경을 썼다. 병은 아니고 무슨 희귀한 증세라는 말은 들었지만, 그는 아이가 너무 안일하게 생활해 와서 그렇다고 판단했다. 요즈음 나약한 아이들이 그렇듯이 말이다. 본인이 노력할 수 있도록 자극을 주면 충분히 극복해 낼 수 있다고 본 것이다.

하지만 한 학기가 지나고 나서 일단 방향을 수정할 수밖에 없었다. 김찬오가 반에 너무 큰 부담이 된다고 파악했던 것이다. 한 개인을 이끄는 것도 중요하지만, 그 개인 때문에 집단을 구성하는 다수를 그르칠 수는 없다는 생각이었다. 개인과 다수 중 선택을 할 수밖에 없는 순간이 온다면, 다수를 선택할 수밖에 없지 않은가. 그래서 아이들의 제안을 받아들여 김찬오를 제외하는 방법을 선택한 것이다.

김찬오가 자살한 이유를 작년 1학년 8반 탓으로 돌리는 주장을 그는 절대 받아들일 수 없다. 그는 담임으로서 김찬오와 같은 아이가 이 세상에서 제대로 적응할 수 있도록 노력했다고 생각한다. 적응하지 못한 것은 본인의 책임이지 도와준 사람의 책임이 될 수 없는 것이다.

자신의 반이었던 정영우가 쓴 기획특집을 읽었을 때, 그는 참을 수 없이 화가 치밀었다. 감정대로 하자면 당장 정영우를 불러와서 뺨을 후려갈기고 싶었다. 그러나 그는 몇 번이고 두 번째 서랍을 열었다 닫았다 하면서 감정을 억눌렀다. 아이들을 감정적으로 대하면 무조건 교사가 진다는 것을 그는 잘 알고 있다. 그런 교사들이 '미친 개'가 되는 것이다. 지난 1학기에도 영어 김 선생은 지각한 아이를 두들겨 패서 고막이 터진 치료비로 봉급 두 달치를 날렸다. 그것도 학부형을 달래서 겨우 무마한 것이다.

그는 그런 어리석은 짓은 절대 하지 않는다.

그는 월요일 내내, 그 문제에 대해서는 아무 말도 하지 않았다. 교감도 그의 눈치를 보았지만 그는 시선을 외면했다. 어제도 그는 똑같이 행동했다. 그러면서 누구보다 정영우 본인이 긴장을 하고 있을 거라는 생각을 했다.

학생을 이기려면 먼저 그 긴장된 시간을 견뎌 내야 한다. 선생의 말과 행동을 받아들일 수밖에 없도록 상대를 긴장 속에 빠뜨릴 수 있어야 한다. 서로의 사이에서 꿈틀거리는 긴장의 시간을 냉정하게 지켜보아야 한다. 그리고 뱀의 머리를 누르듯, 기회를 봐서 핵심을 찍어 눌러야 한다. 그래야 이길 수 있다.

오늘, 그는 청소 시간에 정영우를 상담실로 불렀다.

"네 글 잘 읽었다."

타원형 탁자의 귀퉁이에 서 있는 정영우에게 그는 조용한 목소리로 말했다.

"그런데 자기 의견을 표현하는 것은 좋지만, 일단 그 방법이 문제가 있는 것 아니냐."

그는 정영우가 지도교사 서용현의 아이디와 비밀번호를 도용해서 기사를 올렸다는 사실을 알고 있었다.

무표정하게 서 있던 정영우가 얼굴을 슬쩍 붉혔다.

"그 잘못에 대해서는 책임을 질 것입니다."

"그래야겠지."

그는 맞은편 의자를 가리키며 말했다.

"일단 앉아 봐라."

"괜찮습니다."

정영우가 몸을 더 꼿꼿이 했다.

그는 고개를 끄덕였다.

"그렇다면 마음대로 하고. 그런데 말이다. 넌 뭔가 오해를 하고 있는 것 같아. 나도 김찬오의 죽음을 정말 안타까워하고 있어. 그렇지만 김찬오의 자살을 일년 전의 학급 분위기와 직접 연관시킨다는 것은 논리적 비약 아니니? 비록 학교신문이지만, 네가 신문기자라면 말이야, 객관적 사실과 주관적 감정은 구분할 수 있어야지."

"……"

"좋아. 지금 내가 뭐라고 해도 네 생각을 변화시키기는 어렵겠지. 다만 한 가지 명심해 둬라. 지금 네 생각이 전부가 아니라는 것 말이다. 3학년이 되고, 대학에 가서 다시 잘 생각해 봐. 작년 1학년 8반의 경험을 말이다."

그는 탁자에 놓아 두었던 복사본을 집어 들었다. 자신이 기존 참고서들의 핵심적인 내용을 압축 정리해서 묶은 '속성 완성 국사'였다. 3학년 여름방학 특강 때 예상문제집과 함께 교재로 쓰는 것이다. 예상문제집은 매년 바뀌지만, 이 책은 핵심적인 기초이므로 바뀌지 않는다.

"자, 받아라. 너 인문계니까 이 교재가 필요할 거다. 3학년 때는 내 특강 들어라. 똑똑한 놈들이 일류대 가 줘야지. 그래야 너희도 살고 학교도 살지 않겠냐."

정영우는 상당히 놀란 것 같았다. 당연히 그럴 것이다. 무서운 분노를 예상하고 왔는데 입시 자료집을 주다니.

그는 다시 고개를 끄덕이며 말했다.

"자, 가 봐. 이 일은 더 이상 이야기하지 말자. 나중에 생각이 바뀌면 와라."

정영우는 묵묵히 책을 들고 나갔다.

그는 문을 열고 사라지는 정영우의 등을 보면서 참았던 긴 숨을 내쉬었다.

힘들었지만, 자신이 이긴 것이다.

"찌르르르릉……."

진저리를 치듯 벨 소리가 울려 퍼졌다. '야자' 시간이 끝났다는 벨 소리다.

유 선생이 부스스 자리에서 일어서 교무실을 나가고 있었다.

거대한 동물이 몸서리치면서 잠에서 깨어나듯이 건물 안이 소란스러워지기 시작했다.

《목소리》 떼어 내다

서용현 교사는 편집실 앞에 서서 문 옆벽에 걸린 《목소리》 표지판을 쳐다보았다. 형광등 빛을 받은 표지판은 깨알처럼 수많은 이름들이 제각각의 방향으로 쓰여 있어서 풀 수 없이 뒤얽힌 실뭉치처럼 보였다.

한참 동안 그대로 서서 표지판을 바라보던 그는 오른손에 들고 있던 드라이버를 표지판으로 가져갔다. 표지판은 네 귀퉁이에 나사를 박아서 고정시킨 것이다. 그는 위의 왼쪽 나사부터 돌리기 시작했다.

그는 네 귀퉁이의 나사를 다 돌려서 표지판을 떼어 냈다. 표지판을 왼손에 들고 창틀 위의 열쇠로 문을 열었다. 그는 열쇠를 창틀 위에 얹으려다 쓴웃음을 지으면서 손을 멈췄다. 아마 더 이상 이 열쇠를 사용하는 사람은 없을지 모른다.

그러나 그는 열쇠를 원래 자리에 올려놓았다. 열쇠라도 그 자리에 있어야 할 것 같은 느낌이었다.

그는 문을 열고 들어가서 표지판을 테이블에 놓고 앉았다. 불은 켜지 않았다. 그냥 어둠 속에 앉아 있고 싶었다. 조금 앉아 있으려니 어둠에 눈이 익어 실내가 들어왔다. 그는 호주머니의 담배와 라이터를 꺼냈다.

불을 붙이고 나자 문득 한 생각이 떠올랐다.

그는 창 옆 책장으로 가서 『大明學園 20年史』를 빼냈다. 예리하게 잘린 안쪽은 비어 있었다. 담배도 라이터도 없었다. 예상했던 대로였다. 승욱이가 《목소리》에서 완전하게 철수했다는 증거일 터였다.

지난 화요일에 그를 찾아온 승욱이는 그만두겠다고 했다.

그는 고개를 끄덕이며 지나가는 것처럼 말했다.

"굳이 그만두고 말고, 그런 절차도 필요 없을 것 같다. 신문 자체가 문을 닫아야 할 것 같으니까."

"그래도 제가 참여했던 일입니다. 제 입장을 선생님한테 분명하게 밝히는 것이 맞다고 생각합니다."

그는 승욱이의 눈을 바라보았다.

"영우가 쓴 글이 마음에 걸리니?"

승욱이도 그의 눈을 마주보았다.

"저는 김찬오와 같은 반이 아니었기 때문에 그 글은 잘 모르겠습니다. 아무튼 편집회의 결정을 위반하여 이런 위기를 초

래한 것은 책임을 져야 한다는 생각입니다."

언제, 어디서든 분명한 아이라는 생각이 들었다.

"그래, 알았다. 네 스스로 선택해서 사퇴하는 것으로 하겠다."

그는 『大明學園 20年史』를 밀어 넣었다.

승욱이 같은 아이는 의대를 가든지, 아니면 의학전문대학원을 가든지, 아무튼 제 뜻대로 목표를 이루고 말 아이다. 옆에서 벼락이 떨어져도 제 갈 길은 가고 말 아이니까.

교사를 하다 보면 승욱이 같은 아이들을 상당수 만나게 된다. 아직 십대이면서도 노숙한 어른처럼 느껴지는 아이들이다. 그는 그 아이들이, 어른들 세상의 압력을 받아 내는 방식을 나름대로 그렇게 터득했다고 믿는다. 그 아이들의 문제가 아니라고, 아이들에게 책임을 물어서는 안 된다고 다짐하면서도, 그런 아이들에게 은근히 거부감이 드는 것은 어쩔 수가 없다.

그는 자리로 돌아와서 다시 담배에 불을 붙였다. 테이블에 놓인 표지판이 라이터 불빛에 환하게 드러났다가 지워졌다. 1학년 다슬이와 현호가 2주일 동안 돌아다니면서 전교생에게 이름을 쓰게 한 표지판이다. 영우의 아이디어인데, 학교신문이 학생들 모두의 목소리를 담아낼 수 있게 참여하라는 뜻에서 그렇게 했다는 것이다.

작은 공사라도 수업을 피해서 하는 것이 원칙이니까, 내일 오후든 아니면 모레라도 학교 일을 하는 사람들이 이 표지판을 떼어 낼 수 있고, 그러면 창고의 어느 구석에 처박힐지 모르는 일이다. 이 표지판을 그렇게 만들 수는 없다.

금요일인 오늘, 1시에 교장실에서 징계 회의가 열렸다. 그 결과 중 하나로 이 편집실은 용도가 바뀌었다. 징계 회의의 안건은 영우가 그의 아이디와 비밀번호를 도용해서 기획특집을 올린 건에 관한 것이었다. 교감이나 학생부장은 글의 내용 자체를 징계 사유로 삼아야 한다고 흥분했으나, 그건 애초에 징계 사유가 될 수 없었다. 영우가 없는 사실을 조작한 것도 아니고, 기획특집이다 해서 필자의 주장을 펼치지 말라는 법은 없으니까.

하나 더 징계 회의에 추가될 수 있는 사안이 있었다. 지도교사인 그의 책임 문제였다. 아무리 학생이 도용했다고 해도 관리자인 그의 책임이 면제될 수는 없었다. 더구나 충분히 학생이 도용할 수 있는 상황인데도, 아이디와 비밀번호를 바꾸지 않은 실책은 분명히 문제 삼을 수 있었다.

교감은 난감해했다. 학생과 교사가 함께 징계를 받은 전례가 없었기 때문이다. 모든 것은 교장의 의중에 달린 것이지만, 그는 아무래도 상관없다고 생각했다.

징계 회의는 예상과 달리 싱겁게 끝났다. 교장이 의외로 간단하게 처리하라고 지시한 것이다.

"이미 벌어진 문제를 가지고 왈가왈부 시끄럽게 하는 것, 별 도움이 안 된다고 봅니다. 지금은 무시하는 것이 가장 좋은 대처 방법이에요. 조용히, 소리 없이 정리합시다. 교감 선생님은 각 반 담임 선생님들에게 지시해서 아이들 관리를 잘하도록 하세요. 학교 분위기가 조금이라도 흔들리면 안 됩니다. 수능, 이제 일주일도 안 남았습니다. 우리끼리 에너지 소모할 때가 아니란 말입니다. 그리고 더 이상 학교신문으로 문제가 생기는 일은 없을 겁니다. 학생 징계 문제도 이후로는 거론하지 맙시다. 서 선생님이 지도교사로서 반성문 받는 정도로 지도하고 끝내세요. 신문에 관한 조치는 교감 선생님에게 지시했으니 그 지시를 따르세요."

교장은 말을 마치고 학교 밖에서 약속이 있다며 교장실을 나갔다. 그의 관리 책임 문제는 꺼내지도 않았다.

교장이 나가자 교감이 교장의 지시 사항을 전달했다.

"교장 선생님이 이번 문제는 너그럽게 관용을 베푸시기로 결정하신 것 같습니다. 하지만 앞으로는 절대 이런 일이 있어서는 안 될 줄 압니다. 물론 아까 교장 선생님이 말씀하신 대로 학교신문 문제로 우리가 속 썩을 일은 더 이상 없을 것이고요. 교장 선생님의 지시에 따라 홈페이지의 신문 공간은 교사들이 학습 자료를 공유하는 공간으로 활용될 것입니다. 그것이 교육 정보 콘텐츠 구축이라는 원래의 취지에 더 맞고요. 좀 정비를 한 다음에 그렇게 할 계획입니다. 정비가 될 때까지 차단되고요. 그리고 3층 편집실은 전에 쓰던 대로 과학 실험 기구실이 될 것입니다. 서 선생님, 정리할 것이 있으면 오늘 오후에 비우세요. 이르면 이번 주말에 기구가 들어갈 수 있으니까요."

교감의 말에 그는 아무 대꾸도 하지 않았다. 《목소리》가 폐쇄되리라는 것은 지난 월요일, 교감과 학생부장이 펄펄 뛸 때 이미 예상한 일이었다.

영우가 글을 올린 것은 지난 토요일 밤이었다. 발견되면 삭제될 것을 예상하고 주말 밤에 올렸을 것이다. 그가 교감의 전화를 받은 것은 일요일 오전 9시가 좀 넘어서였다. 아마 다른 교사가 읽고 교감에게 알려 준 모양이었다.

"당장 삭제하세요!"

그는 읽어 보고 처리하겠다고 하고 전화를 끊었다. 들어가 보니 밤과 새벽 사이에 이미 조회수가 상당히 올라가 있었다. 영우는 글 아래에, 자신이 지도교사의 허락 없이 독단적으로 글을 올린다는 점을 분명히 적고 있었다.

그는 운영자의 권한으로 영우의 글을 삭제했다. 그리고 영우에게 따로 연락을 하지 않았다.

월요일 오후, 영우가 찾아올 때까지도 먼저 찾지 않았다. 사실 영우에게 따로 할 말도 없었다. 집 앞 제과점에서 만났을 때 이미 할 말은 다 한 셈이었다. 영우가 그의 아이디와 비밀번호를 도용한 것을 질책할 수는 있으나, 그 절반은 그의 책임이었다. 1학년 기자들은 몰라도 2학년 기자들이 그의 아이디와 비밀번호를 알 수 있을 거라는 것은 그도 뻔히 짐작할 수 있는 일이다.

결국 그는 영우가 글을 올리는 것을 방조한 셈이다.

월요일에 상담실로 찾아온 영우는 그에게 도용의 책임을 지겠다고 했다.

그는 고개를 숙이고 있는 영우에게 대답해 주었다.

"알았다. 책임을 져야지. 그것이 어떤 형식이 될지는 두고 볼 수밖에 없을 것 같다."

그리고 오늘 오후 그는 청소 시간에 영우를 편집실로 불러서 낮의 징계 회의 내용을 일러 주었다.

"반성문은 굳이 쓸 필요 없다. 너도 나도 생각할 것이 많은 것 같다. 나중에 이야기를 해 보자."

영우는 테이블을 뚫어져라 보고 있다가 입을 열었다.

"선생님 죄송합니다. 저 때문에 신문이……."

그는 고개를 흔들었다.

"네가 글을 올린 방법은 문제가 있지만, 네 말은 맞다고 생각한다. 나한테 찾아와서 했던 이야기 말이다. 편집 규정과 원칙을 지키지 못한다면, 그런 신문은 존재할 이유가 없다는 뜻이었지. 나도 그 말에 동의한다."

그는 마지막 남은 담배를 꺼내 불을 붙였다. 한순간, 라이터 불빛에 테이블 위 표지판이 환하게 드러났다. 실뭉치처럼 엉킨 이름들이 잠시 허공에 떠올랐다. 곧 불이 꺼지고 어둠이 표지판을 덮었다.

그가 인터넷 학교신문을 만들겠다고 결심한 것은 작년 봄, 어느 날 밤이었다. 그 날 그는 야간 자율학습 감독을 하고 있었다.

다른 때처럼 1학년 교실을 훑어보기 위해서 복도를 따라 걸어갔다. 아이들을 등 뒤에서 보며 앞으로 걸어나가는 방향이었다. 흔히 교사들이 여러 반을 감독할 때 하는 방식이었다.

그 날따라 아이들은 꿈쩍도 않고 책상에 앉아 있었다. 아마 중간고사가 코앞으로 다가왔기 때문이었을 것이다. 바위처럼 웅크린 아이들의 등을 보며 복도를 걸어가던 그는, 어느 순간 가슴이 꽉 막혀 버렸다. 마치 창도 없이 꼭꼭 막힌 작은 방들이 끝없이 늘어서 있는 회색 건물이 눈앞을 가로막고 있는 것 같았다. 그 아이들의 등판을 보고 있자니 자신의 와이셔츠 단추를 뜯어 버리고 싶을 만큼 답답했다. 먼지 뭉치가 목을 막아 버린 것처럼 숨이 막혔다.

그는 그 날, 교무실에 앉아서 깊이 생각해 보았다. 두 시간 동안 생각한 끝에 인터넷 학교신문을 창간하자는 결론을 내렸다. 대학 시절 학보사 기자를 3년 동안 한 경험이 그런 결론을 이끌어 내는 데 자극과 도움이 되었을 것이다.

그는 바위처럼 웅크린 아이들에게 작은 목소리나마 찾아 주고 싶었다. 꽉 막힌 방에 조그마한 창이라도 내 주고 싶었다. 폐쇄된 공간에 숨통을 만들어 주고 싶었다.

학교에 아이들의 목소리를 담아 내는 공간이 생긴다는 것은 아주 중요한 의미가 있으리라는 생각이었다. 1기 기자 아이들이 상의해서 결정한 이름이지만,《목소리》라는 신문 제호를 그는 그런 뜻으로 받아들였다.

복도에 파편처럼 남아 있던 아이들의 소리가 이제 들리지 않았다.

아까 승용차가 빠져나간 소리 이후로 운동장도 조용하다. 아마 자율학습 감독을 끝낸 교사가 마지막으로 퇴근을 한 것 같다. 1층의 서문은 아직 열려 있을 것이다.

그는 표지판을 들고 편집실을 나와 문을 잠갔다.

운동장은 무거운 어둠으로 캄캄했다. 그는 쪽문으로 통하는 보도를 걸어 나왔다.

오후에 교감에게 사직서를 써 가지고 갔다.

"아직 학기 중이니까 교감 선생님 선에서 보관해 주십시오. 지금 제출하는 것은 제 책임을 분명히 하기 위해서입니다."

이번 학기가 끝나면 그만두어야 한다는 생각이었다. 그 다음의 일을 결정한 것은 아니었다. 다만, 지금은 그래야 한다는 생각뿐이었다. 이런 상황에서 그냥 가만히 있을 수는 없었다.

교감이 허허 웃으며 봉투를 길게 찢었다.

"서 선생님. 이 정도의 일로 그만뒀을 것 같으면 난 열두 번도 더 그만뒀습니다. 교장 선생님도 조용히 정리하자고 하셨잖아요. 자, 좋은 경험 했다고 생각합시다. 아무리 젊다고 하지만 이런 결정 함부로 하는 거 아닙니다."

교감의 손에 찢긴 봉투를 보자 다리에서 힘이 풀리고 말았다. 지금 다시 사직서를 내는 것은 무의미할 터였다. 그는 학기가 끝나면 다시 써내리라 생각하고 교감 앞에서 물러 나왔다.

쪽문 앞까지 걸어온 그는, 문을 잡아당겨 열고 허리를 구부렸다. 왼쪽 어깨의 가방이 툭 밑으로 처졌다. 그 서슬에 오른쪽 겨드랑이에 꼈던 《목소리》 표지판이 떨어질 뻔했다. 그는 오른팔을 겨드랑이에 붙이면서 왼손으로 표지판을 잡았다. 그 순간, 한 생각이 머리를 스치고 지나갔다. 그건, 자신이 더 이상 사직서를 제출하지 못할 것이라는 예감이었다.

그는 쪽문을 나와서 뒤를 돌아보았다. 철문 저쪽에 학교 건물이, 주위보다 한층 더 짙은 어둠으로 잠에 빠진 거대한 짐승처럼 길게 누워 있었다.

순간, 또 다른 예감이, 마치 눈앞을 가로막는 무거운 어둠처럼 그의 가슴을 내리눌렀다. 내일 이 교문으로 들어서는 서용현이라는 교사는 오늘까지의 서용현이라는 교사는 아닐 것이라는, 오늘까지의 서용현이라는 교사는 이제 죽어 버렸을지 모른다는 예감이었다.

찢어발긴 '속성 완성'

영우는 횡단보도 앞에서 걸음을 멈추었다.

떨어진 은행잎을 휘몰고 지나가는 싸늘한 바람이 목덜미를 파고들었다. 영우는 오른손에 든, 강태준 선생이 준 '속성 완성 국사' 복사본을 왼쪽 겨드랑이로 옮겨서 끼고 두 손을 점퍼 주머니에 집어넣었다. 일기예보에서 말했듯이, 수능일인 내일은 추울 것 같다.

신호등이 바뀌어 도로를 건넌 영우는 열린 교문으로 들어갔다. 운동장에는 코트에 목도리를 몇 겹 두른 여학생 몇이 서성이고 있을 뿐이었다. 뒤늦게 고사장을 확인하러 온 수험생인 것 같았다.

짧은 겨울 해는 이미 기울어 운동장 구석에는 옅은 저녁 어스름이 깔리고 있었다. 영우는 스탠드로 올라가서 앉았다. 운동장에 있던 여학생들이 교문으로 빠져나가는 것이 보였다. 텅 빈 운동장으로 한층 짙은 어둠이 내려앉고 있었다.

지난 주 금요일에 서용현 선생님이 상담실로 불러서 징계 회의의 결과를 알려 주었다.

영우에 대한 징계는 없는 거나 마찬가지였고, 정작 목표가 된 것은 《목소리》였다. 징계가 없다는 말을 들었을 때 기분이 이상했다. 철저히 무시당한 느낌이었다. 그 기분은, 지난 수요 일 강태준 선생에게 불려 갔을 때 느꼈던 것과 흡사했다.

강태준 선생의 반응은 솔직히 말해 의외였다. 영우는 불려 가면서, 그가 직접적인 폭력을 행사할 거라고는 생각하지 않 았다. 그는 그런 단순한 방법을 사용하지 않는다는 것을 잘 알 고 있으니까. 그보다는 영우의 몸과 마음을 지배할 수 있는, 무 언가 독특한 방법을 사용할 것이라 예상했다.

그러나 그런 식으로 아무 일도 아닌 것처럼 처리하면서, 오 히려 입시 자료집을 주리라고는 예상하지 못했다. 강태준 선 생은 영우가 온 힘을 쏟아서 쓴 글에 대해서도 가볍게 한마디 하는 식이었다. 그는 슬쩍 비켜서서 피하고 말았다. 보기 좋게 뒤통수를 한 대 얻어맞은 것 같았다.

그런 점에서 학교 측의 대응도 마찬가지다. 학교는 영우를 철저히 무시하기로 작정한 것 같았다. 그리고 기다리고 있었 다는 듯 《목소리》를 폐쇄해 버렸다. 찬오의 죽음을 아무것도 아닌 것으로 만들었듯이, 영우의 글 역시 가벼운 소란쯤으로 만들었다.

대신 《목소리》가 희생된 것이다.

영우 자신은 온 힘을 다해 몸을 내던졌다. 거기에 벽이 있다고 믿었고, 그 벽에 부딪히는 고통을 각오했다. 그것이 어떤 고통이든지 말이다.

그런데 그 벽은 지방질로 투실투실한 거대한 동물의 몸집이었다. 몸과 마음을 다해 돌진했던 영우는 물렁물렁한 살에 파묻혔다가, 가벼운 반동으로 부드럽게 떨어져 나온 것 같았다. 아무 일도 없었다는 듯 물렁물렁한 살집은 그대로고, 그 앞에 주저앉은 자신도 겉으로는 상처 하나 없는 것이다.

영우는 자신이 마치 그림자가 된 것 같았다. 강태준 선생이, 학교가, 자신을 가벼운 그림자로 만들어 버린 것 같았다.

참을 수가 없었다. 그대로 있으면 정말 자신은 그림자에 지나지 않게 될 것 같았다. 영우는 자신이 그림자가 아니라는 것을, 한 인간이라는 것을 보여 주고 싶었다. 누구보다 자기 자신에게.

그런 마음은 그저께인 월요일 오후, 편집실 안에 들어가 서있을 때 구체적인 형태로 굳어졌다. 너무나 선명한 모습으로.

편집실은 이미 편집실이 아니었다. 편집실이었다는 것을 알려주는 표지판은 떼어 내고 없었다. 주위보다 조금 밝은 직사각형의 흔적이 남아 있을 뿐이었다.

창틀 위의 열쇠로 열어 본 실내는 너무나 낯설었다. 타원형의 테이블은 치워져 없었다. 석 대의 편집용 컴퓨터도 사라졌다. 한쪽 벽을 전부 차지하다시피 했던 자료판의 스크랩과 사진들, 출입문 옆 편집 규정 액자 모두 사라지고 없었다. 실내를 가득 채우고 있는 것은 낯선 실험 기구들이었다. 기구들이 창을 가려서 실내는 어둡고 좁았다.

영우는 실험 기구의 한쪽 옆에 서서 좁고 어두운 실내를 멍하니 바라보았다. 이 작은 공간은 아침마다 영우를 품에 안고 하루를 버티게 해 준 공간이었다. 학교라는 곳에서 자신을 포근하게 감싸 준 유일한 장소였다. 이제 그 소중한 공간이 사라진 것이다. 빼앗겨 버린 것이다. 온 힘을 다해 가슴속에 끌어안고 있던 그 무언가가 스르르 연기처럼 빠져나가 버리는 것 같았다.

그 날, 그 어둠 속에서 영우는 결심했다.

더 이상 자신이 수백 명 중 하나, 아무것도 아닌 그림자로 취급되는 것을 참지 않겠다고. 감각이 마비된 채로 짐승처럼 내몰리면서 이 길을 계속 갈 수는 없다고. 어떤 길이 될지는 모르지만, 이 길이 아닌 새로운 길을 선택할 수밖에 없다고.

그 날 밤 10시쯤, 영우는 약국에 나가 중요하게 할 이야기가 있다고 했다. 영우의 눈을 쳐다본 아빠는 고개를 끄덕였다.

"들어가 있어라. 문 닫고 들어가마."

엄마, 아빠가 거실의 소파에 앉은 다음, 영우는 베란다 쪽에 놓인 스툴에 앉아서 이야기하기 시작했다. 찬오의 죽음부터 기획특집을 두 번 쓴 과정, 그 날 폐쇄된 편집실을 보고 온 것까지 이야기했다. 뼈대를 추리기는 했지만, 찬오의 죽음과 폐쇄된 편집실이 자신에게 어떤 의미가 있는가는 전달될 수 있도록 노력했다. 그리고 학교를 더 다니고 싶지 않다는, 자퇴를 하겠다는 자신의 결심을 밝혔다.

아빠와 엄마는 묵묵히 이야기를 들었다. 이야기가 끝나자 아빠가 입을 열었다.

"네가 썼다는 그 기획특집 좀 보자."

"그래, 가져와 봐."

엄마가 덧붙였다.

영우는 2회와 3회 특집을 프린트해서 드렸다. 엄마와 아빠는 한 장씩 돌려 가며 읽었다.

기사를 탁자에 내려놓은 아빠가 말했다.

"꼭 학교를 그만둬야만 될 것 같냐?"

"잘 참아서 졸업하려고, 저도 노력 많이 했어요. 그래서, 학교신문 일 열심히 했고……."

엄마가 영우의 눈을 보며 말했다.

"그래도, 조금 더 참으면 안 되겠니? 졸업은 해야 하지 않겠어? 중간에 그만두고 나중에 힘들면 어쩌려고?"

영우는 인터넷을 뒤져서 본 수치를 떠올렸다.

"한 해에 자퇴하는 중고생이 몇만 명이에요."

엄마와 아빠가 받을 충격에 좀 물을 타겠다는 심산으로 기억해 둔 것이었다.

아빠가 물었다.

"대학은 어떻게 할 거냐? 그 생각은 한 거냐?"

예상했던 질문이었다.

"아직 대학까지 생각한 건 아니에요. 안 가겠다는 것도 아니고요. 가려면 길은 얼마든지 있을 거예요. 검정고시도 있고, 또 대안 학교를 가는 방법도 있는 것 같고……."

엄마가 한숨을 내쉬었다.

"무슨 일이 일어날지 알 수 없는 게 사는 일이다만, 그저 무난하게 겪어 내면 좋으련만……."

아빠가 결론을 내리듯 말했다.

"너도 가볍게 이런 말 꺼내지 않은 거 안다. 하지만, 우리한테도 좀 시간을 줘라. 너도 더 생각해 보고. 자, 오늘은 이 정도로 이야기 끝내자."

영우는 그 날 밤 검은 마스크의 블로그에 들어가 쪽지를 남겼다.

경계선 저쪽으로 발을 내디뎠다. 오늘 부모님께 선언을 했다.

탈옥 선언!

자, 이제 너와 동행할 수 있다.

내 오토바이 마련할 테니 세계 일주 예비 훈련으로 국내 일주부터 시작하자.

머지 않은 미래에!

검은 마스크는 영우의 블로그에 들어와 쪽지를 남겼다.

아, 이런 어쩌지?

그냥 마스크 뒤에 남아 있으려고 했는데…….

이렇게 됐으니 어쩔 수 없네. 고백을 하는 수밖에 말이야.

먼저 미안!

난 서울 시내 빡센 인문계 학교 고딩이야.

동해안 어느 소도시의 종합고, 주유소 아르바이트, 검은 가죽 점퍼와 마스크, 오토바이 세계 일주, 그건 모두 인터넷 소설 나부랭이에서 따온 것에 내 공상 뒤죽박죽해 만든 거야. 사진은 황폐해진 어느 까페에서 퍼 나른 거고.

나도 내가 아니고 싶어서였지. 그런 공상 속에서나마 좀 숨통이 트였으니까. 하지만 공상은 공상으로 그칠 수밖에 없어. 열심히 공부해서 대학 가야지!

이게 우리의 운명인 걸 어쩔 것인가?

미안, 미안. ^^

우리 이제 바이 바이인가?

영우도 마지막으로 짧은 글을 남기고 빠져나왔다.

너는 너의 길을 열심히 가면 되겠지.

나 또한 열심히 내 길을 갈 테니까.

*

텅 빈 운동장에는 이제 묵직한 어둠이 빈틈 없이 들어차 있었다. 영우는 스탠드를 내려와 천천히 운동장으로 걸어갔다. 오늘, 마지막으로 학교에 온 목적을 실행하려는 것이다.

운동장 가운데까지 걸어간 영우는 멈춰서 몸을 돌렸다. 학교 건물은 귀퉁이의 숙직실에만 불이 켜져 있어, 그 곳을 머리로 하여 길게 엎드린 거대한 짐승처럼 보였다.

영우는 겨드랑이에 끼고 있던 '속성 완성 국사'를 빼냈다. 집에서 나올 때부터 옆구리에 끼고 온 것이었다. 지난주 강태준 교사에게 받아서 그대로 가방에 쑤셔 넣었다가 다른 책들과 함께 방 책상에 놓아 둔 모양이었다.

오후에 책상 위에서 이것을 발견한 순간, 반짝, 머릿속에 등이 켜지듯 이제 그것을 처리할 알맞은 방법이 떠올랐다.

영우는 자료집을 든 오른손을 가슴 높이까지 들어 올렸다. 그리고 왼손으로 한 장 한 장 찢기 시작했다. 찢어진 종이쪽은 바람에 휘말려 운동장 가의 어둠 속으로 사라졌다.

영우는 나머지 한 장까지 갈기갈기 찢어발겨 내던지고 교문을 빠져나왔다.

19

먼 여행을 위하여

민제는 핸드폰 알람이 울리기도 전에 잠이 깼다.

잠에서 깨자마자 오늘의 '출발'이 떠올랐다. 그 생각의 꼬리를 붙잡고 눈을 뜨자, 방 안에 가득 들어찬 어둠이 앞을 가렸다. 창 쪽도 캄캄하기는 마찬가지였다.

민제는 머리맡에 둔 핸드폰을 집어 폴더를 밀어 올렸다.

12/22 토 am 5:47

알람으로 맞춘 시각은 6시였다. 민제는 알람을 해제하고 자리에서 일어나 책상 위 스탠드를 켰다. 책상을 중심으로 빛이 펼쳐지면서 어둠이 방구석으로 쫓겨났다.

민제는 침대에 잠시 걸터앉아 자신이 할 일을 머릿속으로 그려 보았다. 시간이 넉넉해서 서두를 필요는 없었다. 천천히 몸을 일으켜서 책상 위의 종이를 집어 올렸다. 준비 물품을 적은 종이였다. 이 종이에 적은 대로 위에서부터 하나씩 체크하면서 배낭에 넣으면 된다.

민제는 바닥으로 내려와 허리를 굽혀 침대 밑에서 배낭을 꺼냈다. 지난 주말에 부모님이 사촌 누나 결혼식장에 가는 틈을 타서 집 앞 마트에 가서 산 것이다. 그 때 필요한 물품들도 대부분 구입했다. 자전거도 어제 오후에 샀다. 몇 년을 탄 낡은 자전거로 장거리 여행을 떠날 수는 없으니까.

민제는 배낭을 벌려 적힌 순서대로 물품들을 집어넣기 시작했다.

속옷과 셔츠, 바지와 양말을 넣었다. 다음으로 수건과 치약, 칫솔 등 세면도구를 넣었다. 다쳤을 때 바르는 연고와 밴드, 감기 몸살과 배탈에 먹는 약도 넣었다. 밥은 당연히 사 먹을 계획이지만, 혹시 몰라서 비상 식량으로 육포 몇 봉지와 초콜릿 몇 통을 샀다.

지난 며칠 동안 인터넷을 뒤지면서, 장기간의 자전거 여행에 대해 조사했다. 배낭 양쪽 주머니에 도로와 지명이 자세히 나와 있는 관광지도와 휴지를 넣는 걸로 배낭 꾸리기는 끝났다.

민제는 배낭을 침대 위에 놓고 옷을 입기 시작했다.

먼저 양말을 신고, 잠옷을 벗은 다음 내복을 입었다. 가장 두터운 청바지를 입고 역시 두터운 털 셔츠를 입었다. 그 위에 작년 겨울에 산 오리털 점퍼를 입었다. 은회색 오리털 점퍼는 털이 많이 들어간 모자까지 달려 있어서 아무리 추운 날씨에도 끄떡없었다. 마트에서 고른 두꺼운 털장갑까지 끼고 나니 준비는 끝난 것 같았다.

민제는 옷차림을 끝낸 뒤 혹시 빠진 것이 없나 생각해 보았다. 손으로 점퍼 안주머니를 더듬어 보았다. 현금 카드가 든 지갑이 손에 잡혔다. 며칠 전에 우체국에 가서 필요한 만큼 돈을 찾고 현금 카드도 만들었다. 큰아빠나 고모, 그리고 이모들이 명절이나 입학과 졸업 등을 기념해서 준 돈을 모은 것이 거의 백오십만 원 가까이 되었다.

'준비는 다 끝났다! 이제 출발하면 돼!'

민제는 서랍을 열어 두툼한 봉투를 꺼냈다. 그 봉투를 깨끗하게 치운 책상 한가운데에 놓았다. 엄마 아빠에게 보내는 편지였다. 민제가 '가출'을 한 것이 아니라 '여행'을 떠났음을 이 봉투가 말해 줄 것이다. 그 차이를 엄마나 아빠가 어떻게 받아들일지는 알 수 없지만.

여행을 계획한 다음, 생각하고 생각했지만 역시 엄마에게 계획을 털어놓는 것은 무리인 것 같았다. 아빠에게는 말할 수도 있을 것 같았지만, 혹시 엄마가 눈치를 채고 추궁하면 아빠는 비밀을 지키지 못할 것이다. 그러잖아도 엄마는 기말고사 기간 내내, 전과 달리 흐트러진 모습을 보이는 민제를 보고 불안해했다.

엄마는 이번 겨울방학을 민제의 성적을 끌어올리는 마지막 기회로 잡고 있었다. 3~4등급으로 고전하는 수학과 1~2등급을 오락가락하는 영어를 분명하게 잡아야 한다는 것이다. 언어 영역은 안심할 수 있는 1등급이니까 그대로 유지하고, 수학은 2등급 수준으로 끌어올리고, 영어는 1등급으로 안정시켜야 한다는 것이 엄마가 거듭 강조한 이번 방학의 목표였다. 그래야 3학년에 가서 1학기 동안 수학을 1등급으로 올려 원하는 대학을 바라볼 수 있다는 것이었다. 엄마는 당장 월요일부터 수학 개인 과외와 영어 그룹 과외를 준비해 두고 있었다.

아무리 조심스럽게 말해도 엄마를 설득할 수는 없을 것 같았다. 그런 말을 꺼낸다는 생각 자체가 두려웠다.

이 중요한 시기에 여행이라니. 그것도 하루 이틀도 아니고 얼마나 걸릴지 모르는 자전거 여행이라니. 엄마는 도저히 납득하지 못할 것이다. 엄마의 고통스럽게 일그러지는 얼굴이 눈앞을 가득 채웠다. 도저히 입을 열 용기가 나지 않았다.

엄마의 그 얼굴 때문에 이 여행을 수없이 망설였다. 그러나 형 동제의 말대로, '어쩔 수'가 없었다.

기말고사 시험 기간도 어떻게든 마음을 다잡고 시험 공부에 집중하려고 했다. 열심히 참고서를 보고, 문제집을 풀고, 점수를 높이려고 했다. 그러나 참고서를 들여다보고 있으면 찬오의 전화 목소리가 생각났고, 문제집을 풀고 있으면 영우의 글이 떠올랐다. 아무리 집중을 하려고 해도 끈이 끊어져서 흩어지는 구슬처럼 정신이 산만해지는 것을 어쩔 수가 없었다.

민제는 엄마에게 쓴 편지에서 자세하게 이야기했다. 그 동안 벌어진 일들을. 그리고 이 여행을 떠날 수밖에 없는 이유를.

민제도 엄마가 원하는 대로 이번 겨울방학 때 열심히 공부해서 성적을 끌어올리고 싶었다. 그럴 수만 있다면, 정말 그렇게 하고 싶었다.

그러나 민제는 지난 한 달 동안 분명하게 깨달을 수 있었다. 문제는 기말고사를 망친 것이 아니었다. 시험 한 번 잘 못 본 내신이야 크게 문제는 안 된다. 다음이 더 문제였다. 이런 마음 상태로는 계속 책상 앞에 앉아 있을 수가 없었다. 그렇게 꾹 참고 있어서 해결될 수는 없다는 판단이 들었다. 이렇게 주저앉아 있다가는 정말 자신도 어떻게 할 수 없는 지경에 이를지도 모를 일이었다.

영우처럼 학교를 떠나겠다는 결심을 하게 될 수도 있을 것 같았다.

두려웠다.

민제가 자전거 여행을 계획한 것은 그래서였다. 우선 학교를 떠나지 않기 위해서였다.

무엇보다도 이제 스스로에게 묻고 싶었다.

'나는 무엇이 되고 싶은가?'

'내가 지금 어디로 가고 있는가?'

'내가 하고 있는 공부가 진정 원하는 길로 가는 방법인가?'

지금까지 자신은 잡아끌면 끄는 대로 끌려갔다. 누르면 누르는 대로 눌렸다. 어디로 가는지, 무슨 모양이 될 것인지 묻지 않았다. 시키는 대로 주어진 길을 열심히 따라가면 된다고 생각했다. 물을 여유도 없었다. 하지만 이제 멈춰 서서 묻고 싶다. 더 이상 이런 식으로 끌려가고, 눌릴 수는 없다.

어쩔 수 없게 되어 버린 것이다.

민제는 엄마가 그 점을 잘 이해할 수 있도록 공들여서 편지를 썼다. 자신이 여행을 떠나는 것은 공부를 포기해서가 아니라 공부할 수 있는 마음을 갖기 위해서라는 점을.

하지만 그 다음 이야기는 쓰지 못했다. 이 여행이 자신을 어디로 이끌어 갈지 알 수 없다는 점을 말이다. 그건 민제 자신도 알 수 없었다.

지금은 '이 자리에서 버틸 수도 없고 자리를 떠날 수도 없다, 그러니 여기를 떠나 시간을 갖고 정리하자.' 하는 생각이었다.

민제는 침대 위의 배낭을 들어서 어깨에 메고 옆으로 돌아섰다. 거울 속에 곰처럼 뚱뚱해진 아이가 들어 있었다.

'정말 떠나는 거야?'

'그래, 출발하는 거야.'

'춥고 힘들 텐데?'

거울 속의 아이가 걱정스러운 표정이 되었다.

민제는 고개를 끄덕였다.

'그렇겠지. 하지만 뭐 무슨 사막이나 산속으로 가는 것도 아닌데. 이런 것도 못 한다면 영원히 남이 끄는 대로 끌려가는 인간이 되겠지.'

'이 여행이 무슨 해답을 줄 거라고 생각해?'

'모르겠어. 지금은 이대로 있을 수 없으니까 떠나는 거야. 해답을 찾을 수 있을지 없을지 모르지만, 그저 앉아 있을 수는 없으니까. 스스로 선택해서 떠나니 스스로 해답을 찾아봐야지.'

'마음 단단히 먹었어? 이 여행을 견뎌 낼 각오가 되었느냐고.'

'그래, 그럴 결심이야. 17년 동안 그저 시키는 대로 해 왔어. 이제 나 스스로 떠나는 거야. 각오를 했어. 내가 선택한 여행이니까.'

거울 속의 아이가 슬며시 웃었다.

'그래, 그래야지. 파이팅!'

'파이팅!'

민제도 손을 들어 올려 속으로 외쳤다.

스탠드의 불을 끄고 살며시 방문을 열었다. 거실은 캄캄했다. 엄마는 7시에 일어난다. 아직 6시 20분이 안 됐으니까 깊은 잠에 빠져 있을 것이다.

방문 앞에 잠시 서 있자 거실의 물건들이 눈에 들어왔다. 민제는 조심조심 현관으로 걸음을 옮겼다. 신발장 안쪽에서 아껴 둔 운동화를 꺼내 신고 소리가 나지 않도록 현관문을 열었다.

아파트 출입문을 나오자 겨울 바람이 선뜩하게 목덜미를 파고들었다. 민제는 점퍼의 모자를 쓰고 턱 밑의 끈을 당겨 묶은 뒤, 빠른 걸음으로 걷기 시작했다.

이제 영우네 집까지 15분 정도 걸어야 한다. 어제 산 자전거가 영우네 집에 있다.

영우의 자퇴 결심은 점점 굳어지는 것 같았다. 다만 아빠와 엄마와 약속한 대로 겨울방학이 끝날 때까지 기다릴 모양이었다. 그 동안 누나와 형이 남겨 둔 책이나 실컷 읽겠다고 했다.

며칠 전 민제의 여행 계획을 들은 영우는, 자신이 벌인 일련의 행동과 자퇴 결심 탓에 민제가 기말고사도 망치고 이 여행을 떠난다고 생각하는 것 같았다.

"나 때문이라면 그런 부담 갖지 않았으면 좋겠다."

영우의 말에 민제는 고개를 흔들었다.

"너 때문이 아니야. 나 때문이지."

그 대답은 솔직하게 민제의 심정을 말한 것이었다.

지난 10월 중간고사가 끝난 금요일, 찬오의 전화를 받았을 때 이미 이 여행은 시작된 거다. 아니다. 그보다 오래전부터 시작되었는지 모른다. 찬오가 자살하고, 《목소리》 문제가 생기고, 영우가 자퇴를 한 것은 모두 계기에 불과하다. 진짜 이유는 민제 자신 속에 있었던 것이다.

민제는 형에게 메일로 여행 계획을 밝혔다. 형은 '그럴 수밖에 없는지' 자신에게 물어보라고 몇 번이고 강조했다. 민제는 그럴 수밖에 없다고 대답했다.

내 스스로 나 자신을 만나 보기 위해서, 여행을 떠날 수밖에 없다고.

　민제는 영우네 집으로 들어가는 골목 앞까지 걸어가서 멈췄다. 하얀 입김이 새벽의 엷은 어둠에 섞여 들었다.

　민제는 장갑을 벗고, 호주머니에서 핸드폰을 꺼내 통화 키를 눌렀다.

눈보라 속 물음표로 서다

마주 불어오는 바람이 상당히 강하다.

이런 바람을 안고 오르막을 오르는 것은 만만한 일이 아니
다. 기어를 최대한 넣었어도 허벅지가 뻑뻑하게 당기고 아프다.
원래 통행량이 적은 국도인지, 아니면 눈이라도 내릴 듯한 날씨
탓인지, 지나가는 차가 거의 없어서 그나마 다행이었다. 고갯길
에서 차들까지 매연을 뿜으며 씽씽 달리면 더 힘이 든다.

민제는 엉덩이를 들고 다리를 바꿔 가며 힘껏 페달을 밟았
다. 조금만 더, 조금만 더 경사를 오르면, 고개의 정상에 도달
할 것이다. 불룩한 배낭을 멘 상체가 리듬을 타는 것처럼 솟았
다 가라앉기를 반복한다. 등에 멘 배낭은 이제 몸의 일부처럼
무게가 느껴지지도 않았다.

마침내 고갯마루에 올라섰다. 민제는 자전거를 멈추고 내려

섰다. 그대로 자전거를 붙잡고 서서 헐떡이는 숨을 골랐다.

완만한 경사로 쭉 내려가는 고개 저 아래에는, 지도에서 확인한 대로 작은 포구가 아담하게 펼쳐져 있었다. 소읍 앞으로는 육지에 안긴 것처럼 바다가 반원형을 그리며 들어와 있었다. 그러니까 소읍은 바다를 가슴에 안고 있는 셈이었다. 저 정도 규모의 소읍에는 음식점 몇 개, 그리고 여관이나 여인숙이 두세 채 있다는 것을 민제는 이제 잘 알고 있다.

오늘이 12월 28일이니까 출발한 지 이레째 되는 날이다. 그동안 서해안 도로를 따라서 내려왔다. 일단 서해안을 타고 내려가서 남해를 따라 돌고 동해안으로 올라올 계획이다. 민제는 떠나기 전에 관광지도에 빨간 사인펜으로 표시한 대로 국도를 따라 달려왔다. 하루에 얼마나 갈 것인지는 정하지 않았다. 빨리 달리는 것이 목표가 아니니까 적당한 거리를 갈 생각이었다.

첫날은 상당히 달렸지만, 둘째 날은 허벅지와 종아리가 당기고 아파서 조금 타다가 쉬고, 조금 달리다가 멈추고, 그런 식으로 얼마 가지 못했다. 셋째 날은 조금 나아졌고, 넷째 날부터는 일정한 속도로 달릴 수가 있었다.

그 동안 날마다, 저녁 식사를 한 다음에는 엄마의 핸드폰에 문자를 넣었다. 편지에 약속한 대로였다. 밥 잘 먹고, 잠도 안전한 숙소에서 잘 잔다는 내용이다. 핸드폰은 문자를 보낼 때만 전원을 살렸다. 음성 사서함에 수없이 들어와 있을 엄마 메시지는 듣지 않았다. 엄마의 울음소리를 들으면 민제도 눈물 샘이 터져 버리고 다리가 풀려 버릴 것 같았다. 음성사서함 키를 누르고 싶을 때면 민제는 입술을 깨물고 참았다.

엄마에게 약속한 대로, 건강하게 여행을 마치고 가서 엄마와 이야기를 나누겠다는 결심을 곱씹었다. 그것이 언제가 될지 지금은 알 수 없었다. 아마 민제 자신의 마음이 스스로 결정을 하리라는 것만 알 수 있을 뿐이었다.

눈이 내리려는지 하늘이 더 낮게 내려앉고 있었다. 이제 곧 저녁 어스름이 내리기 시작할 것이다. 오늘은 저 소읍에서 저녁을 먹고 잠을 자야 할 것 같다.

민제는 자전거에 올라탔다. 몸의 균형을 잡고 오른발로 힘껏 페달을 밟았다. 바퀴가 땅을 박차고 나갔다. 자전거는 바람을 가르며 고갯길을 굴러 내렸다. 민제는 두 발을 수평으로 페달에 올리고 몸을 숙여 자전거에 붙인 채 속도감을 즐겼다.

수정처럼 맑게 느껴지는 겨울바람이 뺨에 상쾌했다. 민제는 크게 입을 벌려 바람을 마셨다. 박하사탕을 물었을 때처럼 싸하고 시원한 느낌이었다.

긴 내리막길을 달릴 때는 으레 그렇듯이, 몸이 새처럼 훨훨 날아오르는 것 같았다.

민제는 포구의 방파제 끝에 자전거를 세우고 바다를 향해 섰다. 하얗게 부서지는 파도가 포구를 향해 달려오고 있었다.

민제는 한참 동안 어두워지는 바다를 보고 서 있었다.

마침내 무겁게 내려앉은 하늘 저 끝에서부터 점점이 작은 꽃잎처럼 눈이 내리기 시작했다. 곧 포구 안쪽에 정박한 배들과 집들 위로 눈송이가 날아들었다. 눈송이는 바다 쪽에서 불어오는 바람을 따라 나비처럼 휘날렸다.

눈송이는 점점 더 굵어졌다. 바람도 한결 거셌다. 이제 눈보라가 몰아치고 있었다.

그 눈보라 속 방파제 끝에서 민제는 배낭을 멘 채 오랫동안 서 있었다. 어둠에 잠겨 가는 민제의 그 모습은, 마치 골똘한 물음표처럼 보였다.

저기 걸어가는 한 아이의 모습이…….

이 소설을 쓰는 동안, 등을 보이며 걷고 있는 한 아이가 서서히 떠올랐다.

그 아이가 걸어가는 앞으로는 어둠의 공간이 사막처럼 막막하게 펼쳐져 있었다. 아이의 어깨는 곧 무너져 내릴 듯 처졌고, 등은 곡선을 그린 채 아래를 향하고 있었다.

내 상상 속에서 형체를 갖추고 움직이기 시작한 그 아이는, 이 소설 속 인물들이 조금씩 그 온기를 나눠 주어 만들어졌다고 해야겠다. 찬오, 민제, 영우, 또한 크고 작게 얼굴을 내미는 인물들까지.

그 아이를 만들어 낸 것은 우리 현실의 아이들이다. 그 아이의 처진 어깨, 굽혀진 등은 바로 우리 아이들의 모습과 다름없는 것이다. 유치원 때부터 시작해서 대학에 가기까지 숨 쉴 틈 없이 공부, 시험, 경쟁의 소용돌이에 휘말려 생명력을 잃어 가는 우리 아이들의 초상 말이다.

그 아이의 어깨와 등을 보는 동안 내내, 나는 분노와 슬픔 그리고 부끄러움을 느꼈다. 아이들을 점수 따는 기계쯤으로 취급하는 우리의 교육 현실과 그런 현실을 만드는 사람들에 대한 참기 어려운 분노. 이런 현실에 갇혀서 특유의 발랄함을 상실해 가는 우리 아이들의 모습을 보는 슬픔. 그리고 이런 안타까운 현실을 어쩌지 못하고 있는 어른으로서의 부끄러움.

　그 분노와 슬픔, 부끄러움이 이 소설을 쓰게 했다.

　우리 아이들을 시험과 경쟁으로 내모는 어른들은 말할 것이다.

　'자기 자신이 잘 살고 사회와 나라가 발전하기 위해서 치열하게 경쟁해야 한다.'

　정말 그런 것인가?

　세계의 교육을 다루는 텔레비전 프로그램에서 프랑스 고등학교 학생들의 생활을 취재한 것을 본 적이 있다. 의과대학에 진학하려 한다는 고등학교 3학년 학생이 나왔는데, 그 학생은 평일인데도 오후 3시에 집에 와서 자기가 하고 싶은 대로 시간을 쓰고 있었다. 그리고 주말에는, 기차를 타고 한 시간쯤 걸리는 파리에 가서 연극을 관람할 계획이라고 하는 것이었다.

　고3이 평일 오후 3시에 집에 와서 자유롭게 시간을 활용하고, 주말에 기차를 타고 연극을 보러 간다? 아마 우리의 현실이라면 이런 학생은 대학을 완전히 포기한 학생이고, 어른들의 시각으로는 인생을 거의 포기한 아이쯤이 될 것이다. 그런데 프랑스에서

이 학생은 아무 문제 없이 학교생활을 잘하고 있으며, 스스로 자신의 행복을 가꿔 나가는 아이다.

그렇게 자유롭게 어린이와 청소년 시절을 보내는 프랑스는 학문과 예술, 과학과 기술 모두에서 선진국이 아닌가. 결국 문제는 개성 속에서 꽃 피는 창의력과 상상력이다. 이 소중한 자질은 지식만 잔뜩 머리에 집어넣고 시험을 잘 본다고 해서 길러질 수 있는 것이 아니다. 우리의 교육 현실은 아이들이 정신병원을 찾아야 할 만큼 고통스러운데 그 고통의 보답은 개성과 창의력, 상상력의 상실이다.

잘못되어도 한참이나 잘못된 것이 아닌가.

소설을 끝냈지만, 저기 막막하게 걸어가는 아이의 모습은 여전히 힘겹고 안타깝다. 이 작은 이야기로는 우리의 완강한 현실을 어떻게 할 수 없다는 것도 잘 알고 있다.

하지만 이 소설이 조금이나마 위로가 되었으면 좋겠다. 이마의 땀을 식힐 수 있는 한 줄기 바람이 되고, 답답한 가슴에서 솟아 나오는 말의 길이 될 수 있다면 좋겠다.

그리하여 내일은 오늘과 다를 수 있다는 희망, 다르게 만들 수 있다는 의지의 작은 씨앗이 될 수 있다면 더 이상 바랄 나위가 없겠다.

2009년 2월 배봉기

아무도 대답하지 않았다

2009년 3월 2일 1판 1쇄
2018년 4월 20일 1판 6쇄

지은이 배봉기

편집 김태희, 박찬석, 조소정
제작 박홍기 | **마케팅** 이병규, 양현범, 이장열

출력 블루엔 | **인쇄** 코리아피앤피 | **제책** 정문바인텍

펴낸이 강맑실
펴낸곳 (주)사계절출판사 | **등록** 제406-2003-034호
주소 (우)10881 경기도 파주시 회동길 252
전화 031)955-8588, 8558 | **전송** 마케팅부 031)955-8595 편집부 031)955-8596
홈페이지 www.sakyejul.co.kr | **전자우편** skj@sakyejul.co.kr
블로그 skjmail.blog.me | **페이스북** facebook.com/sakyejul | **트위터** twitter.com/sakyejul

ⓒ 배봉기 2009

ISBN 978-89-5828-352-2 44810
ISBN 978-89-5828-473-4 (세트)

이 도서의 국립중앙도서관 출판시도서목록(CIP)은 e-CIP 홈페이지(http://www.nl.go.kr/cip.php)에서
이용하실 수 있습니다.(CIP제어번호: CIP2009000576)